北方往事系列

# 截岔往事

孙频 ▶ 著

江苏凤凰文艺出版社

图书在版编目（CIP）数据

截岔往事 / 孙频著. -- 南京 : 江苏凤凰文艺出版社, 2025.6. -- ISBN 978-7-5594-9584-6

Ⅰ. I247.5

中国国家版本馆CIP数据核字第20258NH928号

# 截岔往事

孙频 著

| 出 版 人 | 张在健 |
| --- | --- |
| 责任编辑 | 胡　泊　孙建兵 |
| 责任印制 | 杨　丹 |
| 出版发行 | 江苏凤凰文艺出版社 |
| | 南京市中央路165号，邮编：210009 |
| 网　　址 | http://www.jswenyi.com |
| 印　　刷 | 徐州绪权印刷有限公司 |
| 开　　本 | 787毫米×1092毫米　1/32 |
| 印　　张 | 4.375 |
| 字　　数 | 51千字 |
| 版　　次 | 2025年6月第1版 |
| 印　　次 | 2025年6月第1次印刷 |
| 书　　号 | ISBN 978-7-5594-9584-6 |
| 定　　价 | 42.00元 |

江苏凤凰文艺版图书凡印刷、装订错误，可向出版社调换，联系电话：025-83280257

# 目 录
*contents*

| | |
|---|---|
| 1 | 001 |
| 2 | 018 |
| 3 | 042 |
| 4 | 058 |
| 5 | 079 |
| 6 | 105 |
| 7 | 122 |

# 1

这世界上的河流基本都是亲戚,血脉相连不说,最终还会相聚到同一个地方。文谷河是这河流家族中最平凡的一条河流,它时而爬行时而直立行走,从阳关山的峰顶慢慢溜达到了平川上。虽说路途遥远,但它一路上也没闲着,收留了无数条小河,像什么葫芦河、西冶河、中西河、峪道河、禹门河、董门河、向阳河、孝河,这些小河又收留了无数条无名涧溪和泉水。最后,这张河网就像一片巨大的树叶悬挂在了阳关山上。

逛着逛着，文谷河就逛到了龙门口，这是一个狭窄的谷口，一出谷口，就进入了截岔。

所谓截岔其实就是一个端坐在山谷中的盆地，是文谷河、中西河和西冶河三河交汇的地方，故名截岔。山中其他地方只能种植莜麦、土豆和南瓜，而截岔地区则因为气候温暖潮湿，再加上水源丰富，不仅可以种植小麦、玉米、豆类和谷子，竟然还可以种植水稻，且一年两熟，所以那时候截岔经常以"山上江南"自居，且面无愧色。如果一个人本来正在遮天蔽日的原始森林里走着，走着走着，穿过一个山谷，忽然看到前方卧着一个巨大的盆地，盆内不仅装着大片碧绿招摇的水稻和麦田，还装满了苹果、葡萄、梨、西瓜、香瓜之类的瓜果，心里不免还是会有一点恐惧的，就像误入了由山鬼变幻出来的深宅大院，虽雕梁画栋，却多少散发着一种阴森感。

事实上，这截岔盆地是整座阳关山上最富庶的地方，没有之二。平川上的人们说起我们截岔的时候，称呼为"截岔上"，这是一种略带歧视性的称呼，以示作为山区的截岔始终无法和平川处在同一个空间里。而住在深山里的山民要去截岔赶集的时候，则会说"下截岔去呀"，"呀"这个叹词里兜着一种撒娇式的欢喜，因为河流下游代表着文明和富庶，何况截岔盆地里不仅装着七个村庄，还装着一个武元城，武元城里逢月赶集，还有一年一度的庙会，是所有山民期待的盛大节日。

武元城也是文谷河的出山口，从这里出去，文谷河就缓步进入平川地带了。从唐朝开始，阳关山上砍下的木材都是通过编木筏的形式，顺着文谷河漂下来，一直漂到武元城的响泉滩上岸，久而久之，这里便形成了一个木集，木材商和方圆十几个县的老百姓都要上这里来买木料。雍正年间，这里成了一个税口，开始征收木税，成为税关之后，人烟也随之稠密了起来，慢慢有了寺庙、道观和戏台，寿宁寺里有一座七层白塔，还有一座四圣宫，里面供奉着尧、舜、禹、汤。圣人扎堆，很是热闹。两条街上也有了饭店、车马店、骆驼店、理发店、中药铺、染坊、旅店，因为用木材方便，所以很多店铺都是用木材搭建起来的，后来又有了城墙和城门，随之孕育出集市和庙会。俨然是一座藏在深山中的袖珍木城，木城里最多的就是木料，一层摞一层，木塔一般林立在城中，小孩子们最喜欢在那玩捉迷藏，和迷宫一样。那时候无论是民间还是庙堂，建筑的灵魂都是土木，对木材的需求量很大，直到民国年间，税卡废除了，武元城不似从前那般热闹，但新中国成立后成立了木材公司，而木材公司的中转站就设在了武元城，所以林场的木材还是要编筏送到武元城。

截岔的性格和平川不同，和深山老林

也不同，平川有点"滑"，深山老林有点"愣"，而截岔的性格是豪爽、慷慨，还有点好斗。比如在平川上，你只能看到包在最外面的一层泥土是什么颜色的，上的下面埋着什么就不知道了，但在截岔不同，它会肝胆相照地让你看到，埋在下面的地层依次是，元谷界长城系，下古生界寒武系、奥陶系，上古生界石炭系、二叠系，中生界三叠系及新生界第四系，甚至让你看到它的基底，是太古界河口的古老变质岩系。这些多少亿年前的古老岩层就袒露在盆地的盆沿上，这是拜侏罗纪时期的燕山运动所赐，当时岩层发生了剧烈的挤压和断裂，从而形成了这个盆地。我小时候在截岔盆地里游荡的时候，无论往哪个方向走，迎面碰到的都是这些古老的时间巨兽，你不得不去仰视它们，敬畏它们，然后在它们的威严下屏息而行。

我出生的那个村庄是个独家村，像枚坚

硬的牙齿，孤零零地长在河滩上，村里只住着我们一家三口以及一头牛一只狗和十只鸡。后来我才知道，这里原本是荒滩上的一块空地，我父亲当初离开截岔盆地之后，便来到这空地上盖了两间房，垦了几亩地，养了一头牛，收留了一只没人要的流浪狗，后来又娶了个媳妇，就变成了一个迷你村。虽是独家村，父亲还是郑重地为它起了个名字，叫小虎村，这大概是世界上最小巧玲珑的村庄了，而在我出生之后，我的小名也叫小虎，这小小的村庄倒像是父亲送给我的礼物。

我很小的时候父亲就给我讲过，他本是出生在迷虎村的，曾经的截岔七村之首，到我出生的时候，迷虎村已经是一片废墟。我试图去想象过它曾经的样子，一个多自信的山村才会这样认为，连老虎都能在此迷路。而小虎村听上去更像是迷虎村留在世上的一个孩子。

截岔七村皆是沿文谷河而建，随河蜿蜒，像排列在截岔盆地里的北斗七星，又似被文谷河串起来的七颗珍珠。据父亲说，当年每个村的村口都有一座水磨坊，一半身子站在河岸，一半身子跨在河中，每座磨坊都有自己的名字，像什么丰盛磨、三义磨、永丰磨、大兴磨、和盛磨。水磨坊曾是一个村里最热闹的地方，商量婚丧嫁娶之类的大事都要坐到里面，小孩子们则欢呼着跑出跑进。因为面粉飞扬，磨坊里终年像在下雪，所以从磨坊出来的男女老少个个是白头发白胡子白眉毛，倒像是圣诞老人存储盒，从里面取出来的全是型号不一的圣诞老人。即使出了截岔，再往河的上游走，只要河边有村庄，就一定有水磨坊，从截岔到阳关山顶峰，这一路简直就是一个水磨坊博物馆，陈列着各种款式的水磨。

父亲小的时候，还是典型的农业社会，对农民来说，没有比土地更宝贵的东西了。

截岔盆地因为四面环山,种庄稼的又只能是河流两岸的河滩地,所以土地就分外金贵,可以算得上是寸土寸金。山民们把那些旱涝保收的水浇地称为是"刮金板",可见对其的珍视程度。父亲说,那时候截岔盆地里流行着一句话:"生是本村的人,死是外村的鬼。"就是说,人死了以后因为舍不得埋在本村的水浇地里,只能埋到荒僻的山林野地里,做个山林中的游魂。

为了引水浇地,截岔七村专门开了一条引水渠,因为共用一条水渠,截岔七村不仅多结为水亲,还时常打水仗,甚至还打出过人命,也是在打水仗的过程中立起了"截岔王"这样的彪悍人物。水亲以水结缘,几个村往来密切,常结为儿女亲家,每年农历的七月初二,截岔七村的人会集体前往武元城赶庙会,白天踩街,看高跷看旱船,晚上坐在戏台下面听大戏。

但一到了枯水期,七个村把脸一翻,谁

都不认谁了，扛起铁锹和锄头随时准备打水仗，甚至还会通过油锅里夹铜钱这样的险招来分水，夹起几枚铜钱，就能分到几股水。据说，为了能给曲里村分到更多的水，截岔王在油锅里夹铜钱的时候，把自己的两根手指都炸熟了。

　　分水的前提是，每个村都在村口建了座拦水坝，如果最上游的迷虎村把水拦住，那下面的几个村子就无法浇地，庄稼就可能要旱死，所以上游的村子一浇完地就得赶紧开闸放水。但在枯水期，每个村子都想把水拦住，先把自己村的地浇足再说。于是后来，各村达成一个协议，就是轮着浇水，轮到下游的村庄浇水的时候，上游的几个村庄都得把坝打开，好让河水通过。

　　即使达成了协议，还时常有人在半夜偷水，就是悄悄把河水又拦截住，或是把别的村的水坝打开，所以当时有一种职业应运而生，就是看水人。看水人一般都是兼职，且身份琳琅满目，曲里村是截岔王亲自出马镇守，塔上村派出了截岔有名的中医郝树志，因为他医术医德俱佳，截岔人看病都得有求于他，谁还好意思从他眼皮子底下偷水，柏林村则是放出几个黑皮，就是小赖皮，南堡村派出的张有德身上背着自制的炸药包，往河边那么一杵，颇有水王的气势，恐怕截岔王要不服气了。

每年的七、八月份，河水到了汛期的时候，就是沿河的那串村庄喜忧参半的日子。喜的是，汛期的文谷河不仅特别肥，还很仁慈慷慨，像圣诞老人一样，总是会从上游捎下来很多礼物，上好的松木，胳膊腿儿还囫囵的家具，成捆成捆的柴火，牛羊的尸体，还没来得及刷漆的空棺材（反正最后谁都要死的，省得再雇人割棺材了），磨盘大的南瓜像童话里的南瓜马车一样从上游驶下来，大葫芦也跟着漂了下来，上面骑两个人不成问题，有时候还会漂下来一座完整的水磨坊，当然里面没有磨盘，还有的时候，会漂下来个把死人，脸朝下，静悄悄地浮在河面上，状如一段阴森的浮木。

每到这个时候，截岔七村的人便倾巢而出，都在河边守着，等着收文谷河捎来的礼物。位于上游的迷虎村自然最占便宜，可以挑拣些称心的礼物，比如木料啊、柴火啊、大南瓜啊，空棺材留着也不错，谁家还没个老人，至于那些破烂家具、死牛死羊和死人就留给下游的那几个村庄。但文谷河向来是有公心的，喜欢尽量做到不偏不倚，它在经过迷虎村和大塔村的时候，尽管捎来了不少礼物，却也会顺便把河滩地里长着的那些南瓜、金瓜、西瓜、香瓜、葡萄、苹果当作礼物捎走，带给下游的那几个村庄。

所以下游的南堡村和柏林村都懒得种西瓜，因为即使不种西瓜，每年夏天照样可以吃到又沙又甜的大西瓜。等河水开始变肥变宽的时候，下游的村民们就蹲在河边，手搭凉棚，翘首等待着西瓜队伍的到来，等着等着，就看到碧绿滚圆的大西瓜排着队下来了，赶紧伸出捕鱼的家伙，西瓜可比鱼好捞多了，傻呆呆的，一捞一个准，如果在这里漏了网，那西瓜就跟着河水赶往武元城了。偶尔，在捞西瓜的时候会捞起一个光屁股小孩，就好像在西瓜里长出了一个小孩，原来是在河里耍水的小孩，头上戴了半只西瓜皮，本是为了遮阳，却被当西瓜捞了起来。

不过，如果你以为文谷河总是这么慈眉善目得像个圣诞老人，那你就错了。它可是一条河，有着河流难以被驯服的野性。一到雨季，如果连日下雨，就可能酿成洪灾，洪水从山上奔腾而下的时候，状如饥饿的猛兽，会张开血盆大口，见什么吃什么，直至吞噬掉河流两岸的一切，房屋、田地、村庄、树木、动物、人。

二十世纪七十年代因为屯田垦殖和冶铁的需要，阳关山的林木被过度采伐，最终导致了一九七五年的那场大洪水,而迷虎村就消失于那场大洪水。在截岔七村里,迷虎村是离文谷河最近的,所以淤田最多、最肥沃,但也最容易受灾,那场大洪水不是卷走两座房屋几亩淤田就作罢了,而是,它轻而易举地把整座迷虎村给端走了。洪水撤退后,迷虎村已被夷为平地,河岸的肥田也被厚厚的淤泥覆盖,多年被驯化和养护出来的良田,眨眼之间又返回蛮荒了。往年也有大大小小的洪灾,都是洪水过后开始修补房屋,重新垦田,但那一次的洪水实在是太凶猛了,卷走村庄不说,还卷走了十几个人,而迷虎村已经不是修补的问题了,是整座村庄都得重建,淤田也全部需要重新开垦,而更为关键的问题是,洪水是年年都要来的,今年重建了村庄,开垦了淤田,到明年发洪水的时候,又得一切从头开始,年复一年,永无尽头。所以,在那次洪水之后,上面就做出了一个决定,那就是,迷虎村整村

迁移。

　　后来偶然的一次机会，我从柜子深处翻出了一些爷爷留下来的遗物，那些遗物是被父亲藏在那里的。遗物中有一些纸质的资料，已经发黄了，我看了看，大概是那次大洪水之后整村迁移留下的资料。当时的安置原则是"上山不出口，东西两葫芦，分散不集中"，就是说，不打算再集中建村，而是要把迷虎村的村民分散到不同的村庄去，且不许下平川，只许村民们去往海拔更高条件更艰苦的中西川和葫芦川。大概是在迁移的过程中出现了不少问题，发现实际难度远比想象得要大，所以后来松了些口子，又允许少部分村民下山，迁徙到了平川上。我在那堆资料中发现了一张"迷虎村移民迁居录"，在那份名单里，迷虎村的三百多号村民被分散到了山上山下的五十多个村庄里，有的去了平川上的义望、洪相、广兴，有的去了西社、横岭，有的去了条件艰苦的古洞道、苏家岩，还有的去了阳关山海拔最高的庞泉沟，那里的积雪终年不化，一年有八个月需要在屋里生火炉，六月份的时候还在穿皮袄。在那名单里，居然还有几户迁到了河北、山东，甚至有一户迁去了遥远的江苏。

那张迁居录久久令我难忘。有的村庄只迁过去一户人家两口人，甚至有个叫代家庄的村子，已经快到古交的地盘上了，只迁过去一口人，八成是个老光棍或老寡妇，这样一个老人背井离乡，迁往一个人生地不熟的村庄是如何生活下去的，实在难以想象。还有那迁往外省的几户人家，对于几乎没出过山的山民，又是怎么千里迢迢一路寻过去的？在这份迁居录里，还有少数幸运的村民就近留在了截岔盆地里，被分散到了其他六村，其中就包括我爷爷一家，仅仅是从迷虎村迁到了曲里村，而曲里村的淤田数量仅次于迷虎村。

我出生的时候，我爷爷已经死了。那是

在洪灾之后，我爷爷带着奶奶和我父亲兄妹三人迁到了曲里村，开始在曲里村盖房垦田。一天，都到黑夜饭时了还不见他回来，父亲便赶紧提着手电筒出去寻找，事实上并不难找，他就光明正大地躺在刚垦了一半的水田里，后脑勺上被砸了个大窟窿，流出来的血已经凝固成猪肝色，估计死了最少也有半日了。也就是说，他是大白天被人打死在水田里的。我奶奶从此一病不起，两个月后也匆匆离世。

这段往事父亲只是偶尔提起，他和我说起最多的并不是这个，而是爷爷如何吃苦能干又如何聪明，能打一手好算盘，还会嫁接葡萄，他嫁接的葡萄树上能同时结出绿色、紫色和粉色的葡萄。奶奶身体不好，常年吃药，爷爷从地里回来还要做饭洗碗洗衣服，一手把他们兄妹三人拉扯大。一九六零年的时候粮食不够吃，他把仅有的一点白面掺上高粱面给他们兄妹吃，自己则日日吃用榆树皮和土豆干磨的面,他总能在山里找到榆树,所以,多余的榆树皮还拿到供销社去卖。又常说起爷爷如何节俭,一支百草牙膏用光了也不舍得扔,还要用擀面杖反复地擀牙膏皮,直到把牙膏皮擀得像纸一样薄。

  这些话反反复复地说,以至于我觉得爷爷还和我们生活在一起,只是,他不用吃饭不用睡觉,每天就住在墙上的黑白照片里。

  那是他的遗像。

## 2

父母都去世后,父亲便从截岔盆地搬了出来,独自在截岔七村(包括迷虎村的尸骸)上游开的荒滩上垦了几亩地,盖了两间房。他的两个妹妹均已远嫁,一个嫁到方山,一个嫁到古交。父亲一开始娶不到老婆,后来终于娶到了一个文谷河上游的瘸腿姑娘做老婆,这瘸腿姑娘就是我的母亲。

那时,父亲已经在文谷河上做起了放筏工。当时,阳关山林场砍下的木材主要还是通过筏运的方式送到武元城的中转站,方圆百里各个煤矿用的坑木、道木，火车的枕木，火柴厂用的木头，几乎都出自武元城，而筏运木材只能在夏秋两季水肥的时候进行，所以每到夏秋两季，放筏工便格外辛苦。

木筏一般都是把细木料编在前面，越往后的木料越粗、越长，所以当木筏从河面上漂流而过的时候，就像一只正在开屏的水上孔雀，又像一块从河流上游漂下来的木头岛屿，大点的岛屿上还有小房子，一般是用油布搭成的帐篷，还有冒着炊烟的炉子和一堆锅碗瓢盆，木筏在水流湍急的地方会泡进水里，有点像木质的潜水艇，这时候，那些锅碗瓢盆便都盛开在了水面上，像朵朵睡莲，随时都会漂走，得有一个放筏工专门来采摘这些锅碗瓢盆。木筏上往往还搭有一个木架，上面繁复臃肿，不是一般的拥挤，挂着蔬菜、莜面口袋、盐袋子、油瓶、衣服、被褥、酒葫芦，还会站一只和放筏工作伴的八哥,因为能讲几句人话,时常被放筏工当作半个人来交谈,"吃啦没""吃啦吃啦""再叫唤把你的舌头割掉"。一听这话,它便很高兴地威胁道"把你的舌头割掉,把你的舌头割掉"。

因为架子上沾不到水,所以成了放筏工共用的一只水上储物柜,只不过这柜子是透明的,里面的东西看得清清楚楚。筏子上往往还会支一块长长的木板,大约只有一掌宽,既当凳子又当床,放筏工想休息的时候,需要像耍杂技一样,稳稳地把自己搁在木板上,然后抱着两只肩膀酣睡。睡不着?困得实在厉害的时候,站着都能睡着。

从林场的下油坊木场到武元城,走水路需走半个月,这半个月里,放筏工们吃住都在筏子上。因为漂在水上寒气很大,到了深夜,放筏工们就在木筏上生一只火盆,然后几个人围着火盆喝酒。每个放筏工都带着大葫芦,装满高度白酒,用来抵御寒气。这时候如果你站在岸边，就能看到，一簇一簇的鬼火从文谷河上游漂了下来，好像那些木筏是搭满鬼魂的幽灵船，要赶到河流下游往生的，鬼火在浓稠的黑暗中跳动着，安详宁静，并不恐怖。

木筏是由筏头来掌舵的，立在筏梢，看准水路，后面的二排和三排紧密配合筏头，小心避开水中的大礁石，也不能让木筏上了浅滩，否则会搁浅，筏尾的人手里拿着一根长木杆，把木杆拖在水中，按水流的缓急来掌握速度。放筏最怕的是叠排，就是后面的木筏把前面的顶了起来，顶成人字形，再跌进水里就容易散排，有的筏工在叠排时直接被拍成了肉饼。

父亲后来当上了筏头，总是立在木筏的最前面引路。每次他放筏经过家门口的时候，我和母亲总是早早就在河边等着，眼看漂下来一片木头岛，再一看立在筏梢的人，并不是我父亲，又漂过去一片，又一片，这些木头岛在水中行走的姿势飘逸极了，身形虽庞大，却似一根根轻若无骨的羽毛栖息在河面上，并不向往远处的那些大江大湖，单单只是在阳光中和水波里逍遥地漂着，至于漂到哪里，似乎并不在意。

又漂下来一片木头岛，我远远就看到父亲的身影正立在筏头，长长的木筏正驯顺地跟在他身后，只见父亲把手里的长杆使劲往河里一撑，整片木头岛便减速了，等到筏子靠了岸，我和母亲就背着炒面和面豆上了筏子。炒面和面豆都是放筏工常吃的干粮，炒面是把白面、豆面、玉米面放在铁锅里炒熟了，有的人家还在炒面里加些红枣，吃的时候可以加白糖，也可以加咸菜，可以干着吃，也可以用水拌了吃。我上小学的时候，每天都有同学带一种零食，就是用纸叠成信封，在信封里装满炒面，吃的时候同学之间会互换信封，虽然信封里不过是司空见惯的炒面，却好像收到了远方给自己寄来的信一样，吃的时候竟有种异样的满足。我也在信封里带过炒面，但从来没有同学和我换信封，我连一个朋友都没有，不知道是不是因为我是独家村长大的小孩。

如果家里碰巧刚吃过油糕，就给父亲带一罐瘦糕，瘦糕就是没炸过的糕，还保留着糜子的清香，父亲喜欢吃瘦糕。但瘦糕冷却之后会变得像铁一样硬，身上装两块冷糕倒像背着两块砖头，不过只要在火上一烤，那砖头就会化为绕指柔，且糜子的弹性极好，有时候能扯到一米多长，绕几圈，都能当围脖用了。

等上了筏子一看，除了放筏工，筏子上已经站了十来个人了，有的带了一头牛，有的领着一头猪。这都是住在河流上游的山民，他们经常搭着筏子去下游办事，或是走亲戚，或是去给自己的猪配种，还或者是去武元城赶集，他们把搭木筏子叫"捎足足"。行到河水湍急处，木筏整个潜进水里的时候，他们会集体惊起，然后又并排栖息在那条窄窄的木板上，很像一群落在天线上的麻雀，还争相把脚跷得高高的，生怕鞋子被打湿了。放筏工则赤足立在水中，再冰冷的水也是如此，所以放筏工上了年纪之后个个腿脚变形，不是里罗圈就是外罗圈，甚至连路都走不了。

父亲对沿河这些想搭筏子的山民有求必应，别的木筏早就漂走了，他却不急着赶进程，一个村一个村地靠岸，人们一般都在水磨坊那里等筏子过来，父亲捎人，捎牲畜，捎东西，捎话，且分文不收。去看坟的风水先生要搭他的筏子，去布道的牧师要搭他的筏子，去亲戚家吃席的老人要搭他的筏子，被大树拍死的伐木工尸体也要乘他的筏子回家。他的筏子简直就是一辆游荡在文谷河上的公共汽车，每个村都是一个站点，他恪尽职守，一站都不肯拉下。

一过龙门口，木筏就开始漂进截岔盆地

了，一旦进入截岔盆地，即使当时还是个少年的我，也会忽然之间感到一阵微微的紧张。这种紧张可能是因为，我从小就知道我们是截岔人却回不了截岔，还知道我爷爷当年就是被打死在截岔盆地里的。因为这个缘故，我从小虽然也经常在盆地里晃荡，和盆地里的那些小孩却很难成为朋友，我会远远地躲着他们，而他们也不爱和我玩，好像他们是装在盆地里的孩子，而我是孤零零地挂在盆沿上的孩子，不是同一物种。

每年到了腊八那一天，截岔的家家户户半夜就会起来做馏米，我家虽然孤悬在盆地外，但馏米也是要做的，过年的时候扁食也是要包的，不然真是觉得自己被逐出人寰了。吃过馏米，我会溜进截岔盆地里，把自己藏在一个隐蔽的角落里，等着观看截岔的小孩出来做一种游戏。终于有两个小孩出来了，一个端着一盆馏米，一个拿着一把斧头，他们会用馏米喂自己家门口的石磨、石碾、石狮，在石磨和石狮上各放一小团馏米，就表示喂过它们了。然后，他们还要喂枣树和杏树。只见两个小孩走到自家的枣树底下，拿斧头的那个小孩边砍树根边吓唬树，把这枣树砍了吧，连枣儿都不结，要它做甚。端馏米的小孩连忙制止道，别砍啦，喂上它一点馏米，明年就会好好结的。说着就把馏米抹到刚砍过的斧痕上。这两个小孩一个扮红脸一个扮白脸，配合得天衣无缝。还有的小孩在给枣树喂馏米之前要先问一句，今年结不结果？然后马上替枣树回答道，结呀，还要多结哩。那时，我对这种小孩们自编自导的游戏十分迷恋，多年以后我在剧场里看小话剧的时候，总是会想起当年截岔小孩们玩的那种游戏。觉得那些小孩就像站在舞台上一样，天、地、神、树都成了这舞台上的演员，有一种人神共庆的欢愉气质。有那么一刻，我真想走过去，和他们成为朋友，一起来玩这种游戏，但我心里又充满畏惧,生怕被他们拒绝。

每次漂进截岔盆地的时候,我都能感觉到,站在我旁边的母亲甚至比我还要紧张。她因为一条腿有点瘸,站在木筏上的时候,会把我当拐棍拄着,牢牢抓着我的肩膀。因为紧张,她手里会不由得用力,以至于差点把指甲掐进我的肉里。我知道,她总是找各种借口搭父亲的木筏,比如要去武元城赶集,去卖鸡蛋卖木耳,要上筏子给父亲送干粮,其实是想看住父亲。尤其当截岔人开始陆陆续续登上木筏的时候,就是母亲最紧张的时候。她总是过度热情地与上了筏子的村民们寒暄着,脸上挂着一副大大的假笑,目光却总是偷偷地系在父亲身上。每次父亲挥动起手里的长杆的时候,她的目光就被那长杆钓起来,抛在空中,划过一道弧线,又重重跌入水中。有一次筏子在水流湍急处又潜入了水中,她忽然拖着一条瘸腿,惊恐地朝众人大喊起来,快跑,快跑啊。众人有些迷惑地看着她,还有人在偷偷地笑,在那一刻,我觉得好丢人,真想把自己的头埋进筏子上的锯末口袋里。

但我知道,连筏子带人一起沉没,或者,干脆发生叠排,把筏子上的人齐齐削进河里,这样的场景已经在母亲脑子里演练了成百上千次了。

这是因为,我和母亲都知道父亲的一个秘密。他藏有一个小本子,上面写着几十个人的名字,估计是他猜测出来的杀害爷爷的凶手的候选人名单,颇有点像阴间掌管的生死簿。其实,所谓秘密也是他自以为的,趁他不在家的时候,母亲时常把那小本子找出来翻看,每次都把上面的名字数一遍,像数绵羊一样,看看是多了还是少了。有时候,有的名字会被父亲用笔重重划掉,像被放生的嫌疑人,与此同时,另一个新的名字会被捉进本子里。有时候我会凑上去和母亲一起看,她也默许了。大约是母亲知道我很孤独，连个玩的伙伴都没有，所以不管做什么都带上我一起，并不大把我当小孩子。她还告诉我，本子上的这些名字，她已经悄悄打听了一遍，有的就是迷虎村原来的村民，有的是截岔另外六个村的，这些人有的还住在截岔盆地里，有的则已经逆流而上，迁到文谷河上游去了，还有的下山去了平川地带。我心想，如果那凶手真的已经进了深山或去了平川了，哪里还能找得到，记也是白记。

　　看的次数多了，我都能把本子里的那些名字背下来了。但不管名字如何增减，稳稳坐在头把交椅上的永远是截岔王。这可能与截岔王的威名有关，据说此人身高八尺，豹头环眼，两只拳头握起来的时候就像左右各拎着一只铜锤，最擅长打架，且根本不打算要命的那种，"截岔王"得以被封王，还是因为分水的事。他为了给曲里村分到更多的水，徒手从油锅里夹铜钱，以至于把手指都炸熟了。以截岔王的身手，在人后脑勺上砸一个大窟窿是不费吹灰之力的，况且爷爷当初就死在了曲里村，所以他的嫌疑无疑最大。把截岔王放在榜首，连我都赞同。

在生死簿上稳坐第二把交椅的是柏林村的著名黑皮游家明，此人还有个外号叫"滚刀肉"，其身手之黏软不烂可见一斑。据说当年一到了年根，文谷河沿岸要债的买卖基本上要雇游家明，而他也十分具有职业操守，绝不会轻易让雇主失望。去讨债的时候，他自带着被褥和碗筷，还有他那只大花猫，像只皮帽子一样蹲在他头上。去了人家家里，他二话不说，先笑眯眯地把被褥铺在炕上最热乎的地方，摆出一副后半生打算就在此安居乐业的架势。锅里的面熟了，他第一个先捞上吃，还说自己不是什么讲究人，有什么吃什么，不挑。还要翻箱倒柜地找人家家里藏着什么酒，有什么喝什么，真是不把自己当外人。如果主人赌气不做饭，他便笑眯眯地自己动手，和面、炒酸菜、做臊子，做好了他一个人坐在炕头吃，全家人围在炕下看着他吃，他有条不紊地吃面、喝汤，还不忘在面里放两块腊八蒜，待吃饱喝足便歪在炕头剔牙、打嗝、放屁、撩猫逗狗。两天下来，那家人都饿得奄奄一息了，只有他一人生龙活虎，像太岁一样稳坐在炕头，抬都抬不出去。腊月二十三的晚上，连灶王爷都被打发到天上说好话去了，这货照样躺在炕上打呼噜磨牙，岿然不动，就差主人跪下来给他磕头了，你是大爷，大爷快家去吧，再过几天就是年主（除夕）了。他很高兴地说，那正好在你家里过年嘛，有油糕吃油糕，有扁食吃扁食，我这个人，最好交待。说罢，还很疼惜地替自己摇了摇头。果然，除夕炸油糕的时候，炸一个他往嘴里塞一个，等油糕终于炸完了，却一个都不见了，全装在他肚子里了。他就这样，坦然地在别人家一住数日或数月，据说最长的一次住过半年，直至主人像送灶神一样把他送走。

生死簿上的三号人物是南堡村的张有德，张有德并不是截岔人，是年幼的时候，随其母从陕北逃荒过来的，母子二人被南堡村的一条老光棍收留了下来。不几年，老光棍去世，又过了几年，其母也去世了，他便被遗弃在这大山的盆地里，也不知道是怎么长大的。大约因为这幼年被遗弃的经历，在成年之后，他对集体便有一种过于浓烈的嗜好，简直上瘾，他比任何一个人都更像南堡村的人。为了证明自己是地道的南堡村人，也为了报答当年老光棍的收留之恩，他把村里一个外号叫"四洋人"的老光棍接到自己家里，认四洋人为干爹，自己能省一口是一口，每天只是好吃好喝地供着四洋人。但老光棍并不甘心被供着，一有空就跑回自己家里，回家的时候还从不空着手，每次都要搬一件张有德家里的东西，从锅碗瓢盆到被褥凉席，甚至于家具都一件一件地搬到了自己家里。他就像蚂蚁搬家一样，渐渐把张有德家里搬空了。而张有德每次发现四洋人又不见了,便哭着去四洋人家里求他,直到把他求回来。睡了一夜,四洋人又跑回去了,歪在炕上架着二郎腿,专心等着张有德来求他,他已经盘算好了这回的要价,他要吃鸡,吃羊肉也行,还是鸡吧,这个季节的羊肉难免有膻味。

不光是四洋人,南堡村的每一个人都可以躺在张有德家的炕上白吃白住,都可以指使张有德去他家地里白干活,连小孩子都可以指使他。张有德就像一座微型的城邦,谁都可以来他身体里和心里借宿,甚至长住不走,唯独没有他自己的容身之地,当然,他也并不需要他自己。多年之后,当我再次回想起张有德这个人物的时候,忽然觉得,其实他最终还是构成了一种巨大的胜利,一种自己消灭自己的胜利,一种精神打败物质的胜利。对于这样一个连自身都不存在的人来说,派他去给集体抢水真是再合适不过了。果然，张有德不负众望，在看水的过程中，曾做出了把自制的炸药包背在身上的壮举，以至于成功为南堡村抢到了几股水。他并不在乎自己，大概是因为，早在还年幼的时候，他的一部分已经先他陨落和消亡了，从某种角度上讲，正是这种残缺让他变得无敌。

几十个名字常年休眠在这生死簿里，使这小小的本子似坟墓，又似火山，不知道哪天忽然就喷发出什么来了。本子的封面已经被摩挲得破烂不堪，可以想见，在只身离开截岔盆地后的这些年里，这小本子大概成了父亲的贴身陪伴，经常出入于他的两只手掌之间和枕下。他不在家的时候，它还会轮流出没于母亲和我的手中。那些名字，一个个被父亲捉住并养在本子里，一养就是十几年，竟被养成了一群熟得不能再熟的人。所以，我家虽然只有三口人，但有时候又会觉得家里熙熙攘攘的，到处都是人影，到处都是目光，除了墙上的爷爷，还有那些养在本子里的名字，他们不时会溜达出来放风，会交头接耳窃窃私语。然而，最恐怖的是，在这些名字当中，有一个名字终究会在某一天长出脸和手脚来，变成一个真正的杀人凶手。也就是说，这杀人凶手也日日夜夜陪伴着我们，十几年里须臾不曾离去。

这天，我和母亲上了筏子一看，筏子上已经有十来个人了，一看就是从文谷河上游的庞泉沟下来的，因为大夏天他们身上照样裹着棉袄，庞泉沟那地方，好像一年四季都在过冬天。再者，从庞泉沟下来，要乘着筏子走好多天的水路，山中的河流多来自深山，水中的寒气利如刀剑，直刺骨髓，所以筏工们大夏天也要穿棉袄。除了十来个人，筏子上还堆着几麻袋饲料，看样子也是要送到下游去。几麻袋饲料堆在木头岛上，构成了岛中岛。饲料岛上盘踞着两个老人，其中一个裹着皮袄，护着两只雪白的桦皮桶，桶里装着金黄色的沙棘酱。这沙棘酱是用山里采摘来的沙棘果榨成的，只是，那沙棘果只有米粒大小，枝上又长满刺，采摘十分费劲，熬这两桶沙棘酱怕是要费不少时日。看样子，沙棘酱是带给下游的亲戚家的，也说不来是要和亲家走动，沿文谷河结为水亲是常事。

老头一见到有人上了筏子就大声打招呼，上来啦？吃啦没？每次都把这句话重复一遍，就像一只大号的八哥落在筏子上。即使上来的是张生面孔，但左不过大家喝的都是同一条河里的水，生又能生到哪里去。见无人理会他，母亲忙道，大爷穿得这么厚，是从庞泉沟下来的？老头笑眯眯地说，早先俺行（我家）就在截岔的迷虎村，后来迷虎村被冲跑了，俺浑家（全家）才被贬发到庞泉沟，那地方，冷得还怕了，三伏天就能下起雪来。

听到迷虎村三个字，母亲的脸色变得稍

微有些不自在起来,只答了一句,那可要穿戴得厚些,尤其是腿上,最怕受凉了。然后便把脸扭向了饲料岛上的另一个老人。

这是个老太太,干瘪如老丝瓜,没牙的嘴唇塌陷下去,张开嘴的时候,倒像脸上有个黑洞洞的窟窿,满头白发,像顶着一脑袋雪花,老太太坐在岛上,像孙悟空一样手搭凉棚,打量着每一个刚上筏子的人。她手边还蹲着一只鼓鼓囊囊的编织袋,袋子上扎了两个窟窿,两条颀长雪白的鹅脖子从里面伸了出来,一边眼花缭乱地挥舞着一边嘎嘎乱叫,乍一看,倒像是那编织袋长出了两只脖子两个脑袋,挺吓人。母亲说,嬢嬢,这是要去卖鹅?都养这么大了,可是不下蛋了?老太太裂开黑洞洞的嘴巴,戳着鹅的脑袋笑骂道,太能吃了,和养一头猪差不多,又爱打架,打起架来,十只鸡都进不上它,狗都进不上它,下的蛋大倒是大,就是有股土腥气,不想养了,拿到武元城卖了它们换狗儿。她看到我站在一边，便像变魔术一样，从怀里掏出一只硕大的鹅蛋递给我，那鹅蛋若是放到鸡蛋里，绝对算个巨人，我用双手才能抱住，鹅蛋是煮熟的，摸上去还是温热的。

每逢武元城赶集或赶庙会，都会有一些老人从深山老林的各道缝隙间分泌出来，牵着一只羊，抱着一只大公鸡，或者扛着半袋土豆，聚到河边等木筏漂下来，好让木筏把他们捎到武元城去卖掉货物。坐筏子的次数多了，我慢慢发现，很多从文谷河上游漂下来的老人其实从前都住在迷虎村。是那次洪灾之后被分流到深山里的迷虎村人，如今他们都已经凋谢成老人了。

旁边的老头突然插话进来，她呀，就好养鹅，以前住在迷虎村的时候，她行（家）就养着几只大鹅，像看门狗一样，赖得呀，见人就上来咬，还特别能吃，见甚吃甚，俺行就在她房后嘛，那几只鹅动不动就跑到俺院子里偷吃舀喝，把猪食抢了吃，把鸡饲料也偷吃光，还要把院子里刚红的西红柿也偷吃掉，人家还晓得红的比绿的好吃，你说厉害不厉害，和霸王一个样，卖了好，快些卖了吧。

老太太不高兴地说，怎么不说说你兀会儿（那时候）养的那几只羊，那也能叫羊？跑到俺西瓜地里偷吃西瓜，专挑熟的吃，和人一个样，最后吃得走都走不动，全躺在了俺西瓜地里，不晓得的还以为是俺给你家的羊下了毒药呢。

老头的兴致倒越发好了，大概是平时难得有人和他叙旧。他不依不饶地说，迷虎村谁家没有块西瓜地，就你行有啊，羊又不晓得那是谁家的西瓜，上面又没做记号。说起这做记号啊，俺就想起兀会儿在俺西瓜地里，趁着西瓜还是娃娃的时候，俺就在上面刻好名字，把大塔、塔上、西落、柏林、曲里、南堡几个村的老伙计们的名字都刻上去，等到西瓜熟了，上面刻的名字也长树式（端正）了，就像是专门为他们结出来的西瓜。等到文谷河的水肥起来的时候，俺就把那些有名字的西瓜挨个扔进河里，它们跟着河就漂走了，俺那些个老伙计们，每年到了西瓜熟的时候，都在水磨坊边等着呢，看见有西瓜漂下来了，抱起来一看，不是自家的名字，又放回去，再抱起一个，这个正是自家的名字，便乐呵呵地抱回家去。俺每年伏天寄给他们的西瓜，他们总能收到，基本上没落下过。

老太太揪起筏子缝隙间的水草，一边喂鹅一边撇嘴，又卖谝你识字，俺倒是一天学都没上过，不也能认得自己的名字？在截岔的时候俺还种着几亩稻田，还能吃上好大米，不比那晋祠大米差，俺种点硬大米种点软大米，把软大米磨了，正月十五的时候还能滚几个元宵吃。这阳关山上，也就截岔这一带能长得了水稻，贬到庞泉沟那种地方，还种水稻？逮着喝两口西北风就不赖啦。

老头叹道，人家不让咱们留在截岔，咱们又有甚办法，人就是哪里住惯哪里好啊。

说着说着两个老邻居忽然都陷入了沉默，因为，筏子已经过了龙门口，开始漂进截岔盆地了。

## 3

一进截岔盆地,眼前囖得就明亮起来,不仅因为山势在这里变缓,更重要的是,盆地里一下多出了很多植物,搞得这盆地真像个聚宝盆一样。沿着河岸可以看到高海拔处看不到的大火草、铁线莲、草芍药、唐松草和凤凰草,树木则除了青杆和油松,还多了红桦、白桦、青杨、乌柳、辽东栎,还出现了大片的枣林、苹果园、梨园、葡萄园,色彩斑斓的果实如宝石点缀其间。河岸的淤田则拼成了七巧板,只见一大块浓烈蛮横的绿色，连根针都插不进去，那肯定是玉米地；在阳光下闪闪发光，好像把庄稼种在了镜子上，那是稻田；正在放紫色烟花的是土豆地；红肥绿瘦的是西红柿地；绿叶间挂满金色星辰的是黄瓜地。西红柿和黄瓜有脚，能自己爬到架子上去，西瓜、金瓜、南瓜则没有脚，又都是圆胖子，只能在地上滚来滚去。

筏子在截岔经过的第一个村庄就是曾经的迷虎村，如今只剩下一堆被洪水淹过后的残垣碎瓦，其中还有一座幸存的房屋，只是连窗户和门都没有了，里面黑洞洞的，状如鬼屋。从迷虎村的尸骸旁边经过的时候，筏子上的人忽然全都沉默下来，集体注视着那岸上的村庄尸骸，很像葬礼上的默哀，除了父亲，他故意避开了目光。坐在饲料岛上的老头和老太太也一言不发地注视着曾经的家园，神情很是凄怆，鹅大概饿了，伸过头来咬老太太的手，她都浑然不觉。筏子一旦漂过去了，他们又坚决不肯回头去看，似乎铁了心地要把那梦境一般的家园留在过去。

  接下来是大塔村，已经有两个老人和一个带孩子的女人等在水磨坊边了，水磨坊成了父亲每站必停的放筏驿站。每逢有水磨坊，他就指挥筏工们让木筏靠岸，再恭恭敬敬地把磨坊边等着的人一一扶上木筏，上了木筏，还要照顾老人和小孩，把他们安置在稳妥干燥的地方。这次因为筏子上有饲料岛，父亲便把两个刚上来的老人安置到了饲料岛上，加上已经盘踞在上面的那两个老人，饲料岛变成了老人岛。只见父亲笑容满面，忙前忙后，对众人嘘寒问暖，活像一个蹩脚的司仪，生怕对客人们照顾不周一样。与父亲形成鲜明对比的，是那些刚从截岔上筏子的人，尤其是年龄大些的人，都是一副别别扭扭的样子。似乎想上筏子又不好意思上，但因为别的筏子为了赶时间都不肯停下捎人，他们只能上父亲的筏子。上来之后，脸上又多少挂着些惶恐不安，站也不是，坐也不是，父亲伸手去扶他们的胳膊的时候，他们会下意识地躲闪一下，好像怕被烫着一样，回过头来，又略带谄媚地对父亲笑笑，笑完便匆忙把目光挪到他处，并不敢与父亲对视。

他们在筏子上说话的时候也是轻声细语，好像周围全是睡觉的人，生怕把别人吵醒了，只是把耳朵递过去，或把眼神送过来。与上游下来的那些山民形成了鲜明对比，那些山民说话的时候都像是喊山，明明只有一步之遥，他们还是要拎着对方的耳朵，把话使劲扔进去，好像生怕别人是聋子，而且个个像话痨，只要张开嘴，那根本就停不下来。不知是不是因为在深山里都是牛羊却人迹罕至的缘故，被憋坏了。若是四个人一起上筏子，他们还会抬一张方桌上来，四个人围着方桌打麻将，麻将摔得山响，身上裹着皮袄，为了防止鞋子被河水浸湿，干脆脱下来，把鞋带一系，把鞋挂在了脖子里，光着脚打麻将。筏子在每个村口都要停留，他们也觉得烦，但没办法，人家筏子是运送木材的，又不是自己包下来的。这筏头也是，宁愿误了工期少挣点钱，也要把每个村的人都捎上，有时候捎的不是人也不是牲畜，就是一句话，也一定要捎上再上路。他们对父亲又是钦佩又是恼火，背地里说他是个滕子（傻子）。

后来我才慢慢想明白，在截岔盆地里，但凡上点年龄的人，都知道我爷爷当年的事，他大白天被人打死在水田里，又因为村人的相互包庇，找不到任何线索，导致成了桩破不了的无头案。虽说这已经是十几年前的旧事了，但因为没有了结，所以一直就悬在那里。虽有时间的晕染和冲刷，但这桩旧事显然并没有被时间消化掉，相反，它变成了一根尖尖细细的刺，始终扎在截岔盆地里。

而父亲的那个名单可以说网罗了整个截

岔盆地，甚至连早已迁出截岔盆地的迷虎村人都被网罗了进来。也就是说，对于父亲来说，沿河上筏子的每一个人都可能是当年杀爷爷的凶手，这也是母亲感到不安的原因，只要父亲把长杆插进河底稍微一拖，就可能发生叠排。然而，父亲掌舵的每一只木筏，慢虽慢了些，却都还算顺利，从没有什么意外发生。而且父亲对每一个乘客都有一种超乎寻常的客气和殷勤，脸上漆着一层厚厚的笑容，但他越是这样，母亲就越发感到害怕。

因为父亲一开始放筏的时候并不是这样的。开始的时候他对截岔人冷冷淡淡，放筏也恨不得能绕过截岔盆地，但人家文谷河才不管呢，人有人道，河有河道，截岔是放筏的必经之地。每次硬着头皮漂过截岔盆地的时候，他几乎一路上都不做任何停留，径直就把筏子漂到武元城了。

他在家里休息的时候，也从不会说起他

的复仇计划,只是白天去地里干活,傍晚捡些树枝回来劈成柴火,我家有一面墙整个就是用柴火垛成的,十分雄伟。他不光喜欢屯柴火,还喜欢屯面屯土豆,我家简直就像仓鼠的窝,到处屯满东西。再不然就是修补家什,东西用坏他也不肯扔掉,一张嘴就说自己当年从截岔出来的时候,除了光人一条,什么都没有。我和母亲都害怕听他忆旧,他一旦开始忆旧,我和母亲立刻抱头鼠窜。因为他说起那段苦日子的时候,脸上并没有多少伤感,反而还有点兴奋,好像有一种受虐的快感,简直瘆人。

到了晚上,他便雷打不动地给自己倒一壶白酒,摆一盘花生,开始独自喝小酒,经常是喝了好半天了,才想起该往嘴里扔一粒花生米了。喝了酒的父亲时常会灵魂出窍,他会虚虚地盯着一个地方一看半天,眼神辽远空洞,却又像是什么都没看到,不过那里本来就什么都没有。此时如果叫他一声,他好像也听不见，过半天了才终于答应一声，声音好像是从很遥远的地方传过来的。有时候，待着待着，他会忽然朝对面阴森森地冷笑一声，就好像对面正坐着他的仇人，而他实在不知道该怎样去惩罚这个仇人，只能报之以一声冷笑，以表示他极度的愤怒和蔑视。更多的时候，他连愤怒和冷笑都没有，只是木着一张脸，整个人看起来疲惫涣散，连目光也如游魂一般，不知道该躲到哪里才好，偶尔会落在我身上，像只怯怯的小飞虫一样，大概是怕被我发现，倏地又飞走了。更可怕的是，每次喝完酒之后，他都会把他那本生死簿拿出来，从头到尾又欣赏一遍，然后像个判官一样在上面勾勾画画，把某个名字慷慨逐出阴间，又毫不留情地把另一个名字从阳间拖进来。

我猜测，对于父亲来说，酒具有招魂的功能，在那些年里，只要喝点酒，父亲便可以为自己召唤来一个福尔摩斯，那福尔摩斯在他脑子里纵横驰骋，拼命破案。酒精变幻成的福尔摩斯把这些嫌疑人一个个拎出来分析，再一个个排除，排除完的重新又分析，觉得还是有嫌疑，于是有些名字写上了又划掉，划掉了又写上，都不知道在他那本子里生生死死多少回了。而母亲担心的是，父亲从不向任何人说起这个本子，包括她，如果他能像诉苦一样正大光明地把这小本子摆出来给她看，说他多么想找到这个仇人，她倒也放心了。除了酒后津津有味地摆弄小本子，父亲还会偶尔在梦中吐出一两句边缘不清晰的梦话，因为没头没尾，就那么孤零零的一截横在黑暗里，所以更显得恐怖。

　　我开始时觉得，他不肯向任何人讲述这个小本子的原因是，他每向人讲述一遍，就意味着把自己心里的仇恨又喂养得肥大了一点，语言的创造力有时候是惊人的，说的次数多了，假的也会变成真的，反之，真的也可以变成假的。但后来，我在爷爷的遗物里发现了那张"迷虎村移民迁居录"之后,我开始意识到,父亲的不愿讲述,可能还有一个原因,那就是,他也发现了爷爷留下来的那张"迷虎村移民迁居录",那张迁居录应该让父亲感到了一种更为复杂的痛苦。因为,就连我无意中看到那张迁居录之后,我心里都难受了好几天,尤其是名单上那个独自迁往代家庄的老人,虽然并不认识,却令我久久难忘。

母亲一心想让父亲和截岔人和解,后来她打听到在文谷河上游的呼家村有一座小教堂,教堂里住着一个老牧师。从河流上游到下游可以搭乘筏子,从下游到上游则要靠走路、自行车,或者搭乘林场的东风大卡车。因为常年帮林场运输木料,和林场比较熟,就说好了搭乘林场的大卡车。天还没有亮,我正睡得迷迷糊糊的时候,就听到门外传来汽车的喇叭声,接着就听到父亲和母亲连滚带爬地跑了出去,生怕汽车走了,那时候开汽车的可都是大爷。那天,父亲和母亲去了更深的山里,只留下我和一个独家村相依为命,我的食物是炒面,满满一大瓮立在墙角,只要不受潮,炒面放几年都坏不了。平时我如果得了什么不想被父母发现的好东西,比如捡到截岔小孩玩丢的玻璃球,再比如舅舅给我的一块钱,我就会把它们藏到炒面里。我很喜欢藏东西时的那种感觉,把手埋进炒面里,甚至可以把整条手臂都埋进去,那种柔软的旋涡能把你整个人都吸附进去,把一颗玻璃球或一块钱藏在炒面深处,就像把一粒种子埋在黄土中,过不了多久,炒面里就会长出更多的玻璃球和一块钱。

那天,父母亲走后,我一个人站在盆沿上望着盆地里的那几个村庄,就像一个人坐在热气球上俯视着脚下的地球,熟悉的孤独感变得前所未有的庞大,那一刻,我如此渴望能拥有一个朋友,不管他是谁,也不管他是老人还是小孩。后来我想,父亲当初离开截岔盆地，只身来到荒滩上盖房垦地的时候，是不是也有过与我类似的感受，在那么一两个瞬间里，我几乎就要被那种巨大的孤独感完全吞噬掉了，连点骨头渣都不留。而那时候的父亲还买不起牛，也还没来得及收留那只流浪狗，唯一陪伴他的就是那本生死簿，生死簿里的几十个名字日日夜夜陪伴着他，从某种程度上讲，这种非同寻常的陪伴是不是也减少了他的孤独感？就像一个流落到荒岛上的人，也许会把自己的影子都当成朋友。

天快黑的时候，父亲和母亲又搭乘林场下山的车回来了，下山的大卡车车厢里装满木料，父亲和母亲被堆在了木料的最顶端，大概是怕车开得快了，把他们溅出去，两个人还用绳子把自己绑在木料上，倒像两个被押送的囚犯。好不容易解开绳子下了车，我一看，两个人都变成了雷震子，头发向上竖起，直指天空，大概是被山风雕刻成这个样子了。他们并没有给我讲见到牧师后的情形，但过了些时日，母亲又带着父亲去了趟呼家村，还是去拜访那牧师。

后来我在父亲的筏子上也见过那牧师几次，他搭乘筏子去武元城布道，看上去和普通人也没什么区别，就是一个瘦小的老头，戴着副巨大的眼镜，上了筏子有人和他打招呼，他就说，主与你同在。有人要给他让地方坐，他就不客气地坐下，然后对那人说，主保佑你。有一次，筏子上的两个男人因为抢一块干燥的坐处而打了起来，牧师走过去正色道，主不喜欢你们骂人，主喜欢你们宽恕人，爱人，要去爱别人，爱，这是主所喜悦的。打架的两个人竟真的偃旗息鼓下来。我猜测，牧师当时在呼家村的教堂里向父亲布道的时候，大概也是这么说的，要去爱，要去宽恕。因为，父亲去了两次呼家村之后，忽然就做出了一个决定，当木筏从下油坊木场漂下来的时候，他要在每个沿河的村口都停留一下，好让需要去下游的人们搭上筏子。为此，有好几个筏工都不愿跟他干了，因为这么做实在浪费时间，人家别的筏子都跑两趟了，他们才一趟。他也不勉强，辞了就辞了，他另找了几个新手做筏工。只要筏头没换就好，因为筏头是一条筏子上的定心丸。

从此，父亲摇身一变，变成了一个牧师的劣质仿制品，不过他不是出现在教堂里，而是漂流在文谷河上。即使隔着二里地，都能看到他脸上堆着一层厚厚的笑容，这笑容太过丰盛肥厚，以至于溢得到处都是，简直有些触目惊心。这笑容可不是随手安装在脸上的，是父亲对着镜子苦练出来的。有了这个打算之后，又生怕人家不敢上他的筏子，他便开始对着镜子苦练笑容，白天练，晚上练，连梦里都在练。微笑，大笑，冷笑，狂笑，慈祥地笑，豪迈地笑，不屑一顾地笑，不露齿地笑，三十二颗牙齿全露在外面地笑。他对着镜子笑，对着墙笑，对着狗笑，对着空气笑，吃饭时在笑，睡觉时在笑，骂人时也在笑。他把所有笑的品种演习了成百上千次，然后摩拳擦掌，只等着在筏子上投入实践了。

筏子再经过截岔盆地的时候，父亲一改往日的冷淡，一反常态地热情招呼人们上他的筏子，但人人都觉得其中有诈，哪敢上他的筏子，谁不知道他父亲当年就是被打死在截岔盆地里的。如果遇到有老人带着个小孩正等在岸边，他会像个狼外婆一样，掏出一块他自己舍不得吃的红薯糕，笑眯眯地引诱那小孩，小儿快上来，上来给你个好吃吃。小孩乐呵呵地被红薯糕钓到了筏子上，后面的老人急得直跳脚，但孩子不能不要，只好也跟了上去。再则是因为愿意停留下来捎人的筏子越来越少了，谁都不傻，筏工们都想着多跑一趟就多挣点钱，想去武元城的人们，如果不想步行，就只能搭乘父亲的筏子。毕竟有些好汉不怕死，坐就坐了，爷又不是被吓大的。果然，坐就坐了。不光是坐了，他们还发现，筏头的态度好得吓人撒，像孙子一样。

既然筏头像孙子，有些人上了筏子便像大爷一样横，要求把最干燥舒适的地方让出来给他坐，换了别的筏头，早一杆子把他挑进河里去了，你谁啊，敢跑到我筏子上横？但父亲不但不生气，还笑眯眯地帮这大爷找地方坐，甚至还殷勤地给人家递过去一根烟。他显然在效仿呼家村的老牧师，但那老牧师，不管别人信不信，他自己总归是信的，这种信仰使他变成了一种更纯粹更坚硬的存在，戳在人群里，却又比谁都虚无轻盈，好像只是一团气体。而父亲不同，他更像是在扮演那老牧师，他只是一个演员，但并没有真正理解角色，光是得了些皮毛，所以他是滞重的，混沌的，有时候难免还会显得有些滑稽，倒更接近于一个喜剧演员。

4

既然坐过的人也没见少了胳膊少了腿，囫囵着下了武元城，又囫囵着回来了。一来二去，敢坐父亲筏子的截岔人就慢慢多了起来。虽然不乏个别黑皮敢在筏子上称大爷，但多数上了筏子的截岔人，还是有些神情紧张，不敢不笑，也不敢使劲笑，更不敢大声说话，只是相互交头接耳，倒像个秘密组织。有的大人带着小孩，在上筏子前，还要特意在小孩身上绑个葫芦，以作为掉进河里之后的救生工具，看来是随时准备着要跳河逃走的。主要是父亲突如其来的热情委实把他们惊着了,只觉得是不是有什么阴谋在里面。

其实连母亲也是这样想的。当父亲在放筏的间隙里回家休息的时候,母亲并没有看到一个焕然一新的宽恕者,还是那个旧的父亲,白天下地,晚上闷声不响地喝半天酒,喝下去半壶了才想起来要往嘴里扔一粒花生米,好像他根本就不是在喝酒,他只是为了迎接酒后被召唤出来的福尔摩斯。更恐怖的是,因为他在筏子上笑得太多太用力了些,以至于把脸都笑瘫了,不笑的时候脸上也不由自主地挂着一层笑壳,连发怒的时候也像在笑,活像戴了个小丑面具。母亲明白,呼家村怕是白去了,父亲还是没有学会宽恕。她一边偷偷观察着父亲脸上的笑容,却又好像不忍心多看,只是假装漫不经心地对我说,小虎,我像你这么大的时候也是班上的好学生,不是瘸了一条腿兴许还能考上大学,在城里有份好工作,你晓得我这条腿是怎么瘸的?十四岁那年放暑假的时候,我去山上采药材,摔下山摔断了一条腿,父母怕花钱,由它自己长好了,结果长好后就瘸了。和你说吧,其实我都不止一次地寻过死,觉得活得没意思,一个瘸子这辈子还能干什么,结个婚都被人挑三拣四,不过我后来想明白了,我得先放过自己,不然,自己就是自己最大的仇人。

我知道这话不是对我说的,便假装听不见,父亲也假装听不见,只是一杯接一杯地喝酒,两只嘴角还控制不住地上扬,喝酒的时候也像是笑着喝的,真是吓人。一壶酒喝得差不多见底了,他照旧又翻出那个破旧的小本子,笑容可掬地研究着上面的那些名字。那可怕的笑容真的是瘫在脸上了,连做噩梦的时候都是笑着做的。

母亲忽然罕见地爆发了,她一把夺过那个本子扔到了地上,满脸是泪,她冲父亲说，我晓得你要不是当初被赶出截岔你也不会找我，可我要不是因为十四岁上摔断一条腿落下残疾，我也不会找你，既然走到一起过日子了，我就不会丢下你，你也不要早早死在我前面，你要是真杀了你的仇人，你不用偿命吗？你有几条命？父亲有些吃惊地看着母亲，可是，他连吃惊都是笑着吃惊的。我真想把舅舅送我的那副墨镜翻出来戴上，不要再看到父亲脸上可怕的笑容。

他慢慢捡起本子揣在怀里，只说了一句，谁说我要杀仇人了。然后便披了一件衣服，走到屋外，又出了院子。我跟出去的时候，父亲正坐在河边抽烟。大山里的夜晚，初看是一种纯净的毫无杂质的黑暗，看久了才发现，黑暗其实也有很多层次，层层叠叠，如一幅在山河间铺开的水墨画卷，夜空里挂着一弯上弦月和几点寒星，文谷河在黑暗中长出了银色的鳞片，散发着一种温柔的明亮。我们的小虎村在黑暗中变身为一盏孤零零的灯光，异常瘦小微弱，前面的截岔盆地里也亮着灯光，像是装了一盆星星。无论如何，这些年里，那些灯光都是我们的陪伴，尤其是除夕的晚上。

除夕晚上，整个截岔盆地都在放鞭炮，主要是二响炮和麻鞭，有的人家把麻鞭挂在枣树上，有的是小孩子提在手里，一边跑一边到处噼里啪啦地响。这家的刚放完，那家的又接上了，好像一条火龙在截岔盆地里乱窜，在此起彼伏的鞭炮声中，总有二响炮飞到半空中大吼一声，看吓到别人了，便满意地消隐而去。还有的小孩放起火和甩炮，起火是绑在竹签上的，起火窜上去的时候就像一颗流星从人间飞到了夜空里，再盛开成一朵金色的菊花。拿着甩炮的小孩子则专门往人多的地方甩，甩炮像五光十色的老鼠一样在人们脚下乱窜。若是去了武元城，还能看到烟火，像什么炮打灯、浓车火、城儿壁子、海底捞月、平火。平火是烟火里最威武的，一般用来压场，平火分大中小三组，分别称为"大将军、二将军、三将军"，大将军个头最大，笨重异常，需要十几个年轻后生才能搬起来。放大将军的时候，开始喷出来的是金色的小星星，像金色的喷泉一般，但这喷泉还在不停地往高里长，最后，它居然长到了三层楼那么高，真正是烟火中的大将军，几里地之外都能看到，它还慷慨地掏出更多的星星撒向截岔盆地。

而我们小虎村，最多就放一串麻鞭两只二响炮，但那点声音太微弱了，还来不及变成动静就被黑暗全吸进去了。所以我经常想，如果父亲和截岔人和好了，我们一家人是不是就可以又搬回到截岔盆地了。

那晚，父亲在河边坐了很久，直到我催他回去，他才朝着河水说，小虎，你说人们怎么都不相信，连你妈都不相信，我就是想为人们做点好事，尤其想为截岔人做点好事。很多年之后我才想明白，父亲所谓的

"想为人们做点好事",大约就是从看到那张"迷虎村移民迁居录"开始的。可在当时连我都不信,只要想想他那生死簿,想想他有事没事就翻开那阴森森的小本子数人头,就没人敢相信"他是想做点好事"。

此后,只要父亲的筏子经过小虎村,母亲早早就在岸边等着。正好我也放暑假了,母亲便把我也一道拉上,等父亲的筏子漂过来。而这简直是我巴不得的事情,对于一个在独家村长大的小孩来说,对人群有一种奇异的迷恋,而一旦真的掉到人堆里,则又是兴奋又是害怕,反而一句话都说不出来了。

后来我回想起那些坐木筏的经历,觉得一只木筏其实就是一场临时性的聚会。整个夏天,有无数场千奇百怪的聚会从文谷河上漂过,而这本身又是木筏之间的盛大聚会。木筏上的人主要有两类,一类是串门走亲戚的,一类是去武元城买东西或卖东西的。除了截岔地带,山村多数都很闭塞,见缝插针地镶嵌在大山的某一道缝隙里,因此,走亲戚和串门对于山民们来说是头等大事。为了走个亲戚,背上干粮走两天盘山路是常有的事。到了亲戚家里,主人和客人都很兴奋,那是一种由衷的欢喜,主人连忙把客人让上炕,摆上炕桌,倒上茶,老婆则忙着生火架锅炸油糕,或蒸一大锅莜面栲栳土豆片。主人和客人都像八辈子没说过话一样,好不容易逮到了说话的机会,从见面就开始不停地说不停地说,说得口干舌燥了,喝口水继续说,连上厕所都是跑着去的。吃饭的时候,甩着腮帮子边吃边说,吃完了继续说,说到高兴处便哈哈大笑,说到不高兴处便抱头痛哭,哭完接着又说。一直说到天黑了,月亮爬上来了,一家老小都在炕上躺下一长排了,两个人还杵在被褥当中不停地说,一个听着听着都要睡着了,另一个把他叫醒,拎着他的耳朵继续把话灌进去,他为了礼貌,只好把眼睛瞪得大大的,防止自己再睡着,一边胡乱应承着，应承着应承着，眼睛又悄悄闭上了。这样一直说到半夜，说着说着，终于连最后一点声音都熄灭了，连那个说话的人都睡着了。

　　有些深山里的山民上了筏子也是这样，八辈子没说过话一样，从头说到尾，从天上说到地下，从古代说到未来，把一筏子的人烦得都要跳河了，他却浑然不觉，只管在那里滔滔不绝地演讲，唾沫四溅，站在离他两尺开外的地方都会被喷一脸。若是有人胆敢抗议，少聒噪两句吧。演讲者便愤然反击，你怎么不在文谷河上盖个盖子？管天管地还管起人说话来了？

　　有的山民上筏子是为了去武元城做点小买卖，这在当时叫"副业"。有个老头，我每次在筏子上见到他的时候，他都抱着一只木盒子，盒子里养着一大块雪白的豆腐。原来他每天半夜就爬起来做豆腐，做好豆腐便拿去武元城卖，所以总是搭父亲的筏子。他每次见到我，都要割下一小块豆腐给我吃，母亲连忙推辞，说，大爷快不要割，割开卖相就不好了。老头不高兴地说，都是迷虎村的人，娃娃吃块豆腐就咋地啦？原来老头也是当年洪灾之后被迫从迷虎村迁到葫芦川的。

还有一个中年女人，说她打小就是在迷虎村长大的，大洪水之后跟着父母迁到米家庄了，那时候她也就二十来岁。我每次在筏子上见到她的时候，她都挑着两只坛子，坛子里装着酒枣。原来是这女人家里种的枣树多，每年秋天打了枣，她便酒上十几坛酒枣，埋在地里，让酒枣在冬天的时候吸收雪的精魂，待到第二年夏天再挖出来，此时的酒枣已经酒香扑鼻，还夹着一缕雪花的清香，吃几颗人就醉了。每到这个时候，她就搭父亲的筏子去武元城卖酒枣。若是在筏子上碰到从前的熟人，她会拿出酒枣来分给熟人吃，卖不卖倒成了次要的事情，我也被她列入了熟人的范围，每次都会塞给我一把酒枣。有一个老人贪嘴，吃了一把酒枣不过瘾，又从坛子里舀了一大把，吃完不一刻就醉了，如醉罗汉一般在筏子上东倒西歪地打拳，时而又跑到筏子边，哭着喊着要往河里跳，还说谁也不要拽住他，别人告诉他，根本没人拽他，尽管跳。他便又就近轰走一个筏工，说是自己来掌筏，一直开到它东海去。结果，筏子还没来得及掌，他就盘在筏沿上打起呼噜来了。

还有一次，一个在那次洪水之后，从迷虎村迁到水裕贯的老人客死在那里了，老人临死前的愿望是把他送回迷虎村，魂归故里。但从水裕贯到截岔盆地路途遥远，步行的话，至少需要两天两夜，况且还抬着一口柏木棺材。于是，老人的子女便想搭父亲的筏子，带着棺材漂回到曾经的迷虎村去。父亲连犹豫都没犹豫，一口答应，于是，一支浩浩荡荡的送丧队伍便上了父亲的筏子。

那天，我和母亲上了筏子的时候，不禁吓了一跳，筏子上白花花一片，像是哪里都没下雪，就这筏子上下了一场大雪。再一看，原来是一片穿孝衣的男女，戴着白帽，白帽上还有白帘子垂下遮住面孔，有的手里挑着白灯笼，有的举着白色的花圈。在这一片浩瀚的、纯净的白色正中间，却极安静地栖息着一口黑色的棺材，上面还画着艳丽诡异的花卉和鸟兽，一看就不是这个世界上的花卉和鸟兽，面目阴森。几个女人抚着棺材，垂下白色的帘子挡住脸，正发出低低的啜泣声。忽然之间，一阵狂暴的山风疾步掠过文谷河，送丧队伍白衣飘飘，几欲集体成仙，两只最大的花圈被吹到了半空中，拿花圈的人怕花圈被吹跑，死不撒手，于是便被山风一起带到了空中。两个白衣人像乘着气球飞到了空中，筏子上的人齐齐仰起脸观看着他们的飞行，连哭也忘了。但好景不长，山风的脾气向来琢磨不定，转瞬又撤走了，两个攀着花圈的白衣人没有了依托,直直坠入了河中,花圈上的白花散落,像莲花一样盛开在河面上。

我发现连送丧队伍也认识我,一个司仪模样的人摸摸我的头,递给我一个白布包,我打开一看,里面是花生、瓜子和糖块。后来一想,这送丧队伍里的人基本上是迷虎村的人嘛,显然,他们都把我当作了一个小迷虎村人。但我一想到父亲的那个本子上记的好多名字都是迷虎村的,便又有些不寒而栗,也就是说,父亲一直想找到的那个凶手,可能就藏在这些人中间,只不过他早已易形,也已经变老,可能就是那个卖豆腐的老头,或是那个拎着沙棘酱走亲戚的老头,还或者,是那个正躺在棺材里的老人。

筏子漂过龙门口,终于漂进了截岔盆地,静静地漂到了迷虎村的尸骸前。

一具棺材漂进来的消息早已传遍了截岔盆地,截岔六村的人都跑过来围观,一时人头攒动人山人海，小孩子从缝隙里插进来，后面看不见的跳起来往里看，简直像赶庙会。这时候我忽然发现，那没有了窗户和门的鬼屋里居然钻出一个老头来，好像里面真的住了鬼。后来我才知道，原来是洪灾之后迁到了平川上的李顺老汉，因为在平川上实在住不惯，加上老伴去世了，儿女们又各自成家，他便一个人偷偷又跑回了迷虎村，在一堆废墟里硬是捡出一间还算囫囵的房子，起码还有个屋顶，从此便住了进去，加上衣衫褴褛，乍一看到他，还真分不清是人是鬼。

　　人们都围观着父亲的筏子和那具棺材。倒不是因为亡灵执意要归乡有多稀奇，人老了都讲个落叶归根嘛，而是因为，在水上放筏本来就是件风险很大的事情，所以筏工们都是很忌讳触霉头的，连不吉利的话都不许在筏子上说，更不可能帮人送一具棺材，任是天王老子的爹娘没了都不行。但父亲不但把棺材安然无恙地送回来了,还分文不收。人们用半是敬佩半是狐疑的目光看着父亲。还有些更为复杂的目光明明灭灭地闪烁在人群当中。不待送丧队伍把感激的话说完,父亲已经长杆一点,立在筏头飘然远去。

除了死人,父亲的筏子上还坐过孕妇、新娘、病牛、骆驼、拖拉机,乘客的品种之繁多,令人眼花缭乱,真是应有尽有。而父亲的放筏技术一流,即使在涨洪水的时候,他也能保全筏子囫囵漂进武元城,从没有散排叠排的情况出现。但母亲显然还是放心不下,因此,还是一有空就带着我搭上父亲的筏子,像一大一小两个保镖一样护送着筏子去武元城。生怕哪天父亲忽然一翻脸,来个叠排,把一筏子的人全抖落到河里去。她可能觉得,父亲知道自己的老婆孩子都在筏子上,就绝不至于做出这种事来。母亲把我和她当成两枚人质押在了筏上。

自从送完那棺材之后,在截岔的岸边等

父亲筏子的人就越来越多了，人们似乎是得到了一个承诺，连最不吉利的死人都能搭筏子，活人怕什么。父亲仍然是每村必停，有求必应，瘫在脸上的笑容也越来越惊心动魄，几乎要刻进肉里了。我后来想，那时候的父亲，在对"宽恕"的训练上，已经开始渐入佳境了，以至于连他自己都搞不清那宽恕的真假。

虽然上筏子的截岔人越来越多，但我发现，这些人都有一个共同的特点，那就是，上了筏子以后，除了神情紧张，不敢大声说话，手里还或多或少会拎着点礼物，几个土豆，一袋银盘，一串柿饼，一包油糕。当他们在筏子上看到我的时候，简直像见了救星，忙不迭地跑到我面前，夸张地笑着，摸着我的头说这小儿一看就很机明（聪明），跟了他爷爷了。又赶紧把手里的礼物塞到我怀里，然后如释重负地做一回乘客。若是我不在筏子上，他们便会在下筏前把礼物悄悄留在筏子上。那些礼物,父亲从来不拿,统统留给其他筏工。而母亲却在背地里嘱咐我,截岔人给你东西的时候,你就收下,这样他们也坐得心安一点。

这一点,她不说我也明白,所以,别人给我什么我都不推辞,像个大号储钱罐,往里面塞什么都可以。于是他们又惊叹道,啧啧,看这小儿懂事得嘞,还真是他爷爷的孙子。不知为什么,我总觉得这话不大像是夸人的。

这天,筏子在经过截岔的时候,我忽然看到一只胖大的莜面口袋晃晃悠悠地上了筏子,口袋下面还长着两截瘦骨嶙峋的腿。我吓了一跳,难道是莜面口袋自己长出腿来了?这时候,莜面口袋被重重摔在了筏子上,一个异常干瘦的老人降落在了我面前,好像是从莜面口袋里孵出来的。其实刚才是老人扛着那口袋上来的,只是那口袋足足比他肥大了两三圈,所以把他淹没了,只剩下两条腿。老人的表情比任何人都要惶恐，上了筏子他谁都不瞅，二话不说便从腰间抽出一条裤带，我以为他要脱裤子，连忙去阻止，却见裤子上还绑着一根麻绳，一抖落，那裤带竟是只面口袋，他又把背上背着的葫芦瓢取下来，便开始从大口袋里往小口袋里舀莜面，舀了半口袋才停下来，然后，又把这半口袋莜面背到了父亲面前。还不等父亲开口，他就赶紧抢着开口，眼睛却躲闪到别处，只听他结结巴巴地说，林宗啊，这，这半口袋莜面你千万要，要收下，你要是，要是不收下，俺哪里还敢让你捎俺这对足啊，硬走到武元城去，俺，怕就回不来啦，老啦，腿比人还老得快，林宗啊，这两年截岔人得了你不少的恩惠，俺晓得截岔人对，对不住你，这半口袋莜面你留，留下了，俺心里头多多少少也能好受一点。

听到这番话，日夜瘫在父亲脸上的笑容似乎有些冻住了，好像下一秒钟就会坍塌瓦解,眼睛里也忽然变得波光闪闪,但这个过程只持续了几秒钟,片刻之后,我便看到,一团更大更浓烈的笑容像乌云一样从父亲脸上升起,遮天蔽日,把他眼睛里的波光,把他的鼻子嘴巴全都挡住了。我后来想,自从搬出截岔之后,也许父亲是第一次听到有人对他说这样的话,而这番话提醒了父亲,他还有委屈的权力。于是,感到委屈的父亲用一种更欢快的声音对老人说,叔,你说的这是什么话,怎么是你们对不住我了,要收了你的莜面,倒好像你们真对不住我了,那哪行?

老人的惶恐已经接近于忏悔了,好像他此刻正站在教堂里,他仰脸对牧师忏悔道,你爹当年被打死在截岔,俺晓得你心里过不去,给了谁也过不去,可是人总要往前瞅,不然还有甚活头?早都过去的事了,过了就过了,你不要老是搁在心里头。

而父亲脸上的笑容还在升级,还在往宽

里和阔里长，以至于长成了一团巨型乌云，覆盖住了筏子上所有的人，乌云里还翻滚着闪电一样的笑容和目光，只听父亲大声笑着对老人说，叔，什么搁心里头，我连记都记不得，只要我林宗还在这文谷河上放筏，我的筏子你随便坐，但你不要给我什么莜面，我不能要。

我后来想，父亲大约就是在那一刻意识到的，原来，宽恕也是一种复仇的武器。

老人用乞求的目光看看父亲，又看看我和母亲。母亲拖着瘸腿走到老人面前，接过莜面口袋说，叔，我最爱吃莜面，莜面给我和给他是一样的，我们是一家子。老人感激地看着母亲，然后，慢慢挪到了那只胖大的莜面口袋前，蜷缩在了上面。这时候，父亲周身席卷着笑容走到母亲面前，用不容置疑的口气对她说，不能要人家的莜面。母亲也生气了，回他道，你不吃我吃。父亲恐怖地笑着说，不能要。母亲使劲瞪了他一眼，转身把半袋莜面扔进了河里，然后自己也跟着跳了进去。我急得差点要哭出来，却见母亲嗖嗖地向岸边游去，没想到，母亲居然会游泳。

筏子上的人们都翘首看着母亲，直到她游到岸上才松了口气，只是，筏子上一片死寂，再没一个人说话了。刚才那老人还坐在莜面口袋上，像个很老很老的小孩守在一座孤岛上，又孤独又惶恐。

## 5

  每年的农历八月初二是河神的生日,这一天晚上,不管是上游还是下游的村庄,都会在文谷河里放河灯。河灯分好几种,一种是用瓷碗做的,装上半碗麻油或煤油,再把用棉花搓成的灯芯放进碗里点着。另一种是用琉璃咯嘣做的,做琉璃咯嘣需把玻璃烧成玻璃液,然后用玻璃吹管蘸上溶液,吹出球形或葫芦形,薄如蝉翼,用这样的玻璃容器做河灯简直再合适不过了,在里面灌满麻油,再插一根灯芯就成了。还有一种河灯是纸灯，用纸叠成碗状或莲花状，然后在底部蘸上石蜡防水，在石蜡凝固之前还要放到沙子上，沙子粘到河灯底部，一来防止灯被浸湿，二来加重灯的分量，不易被风吹翻。纸灯上往往会写一些祝愿的话，或者，河灯主人会把自己的心愿写上去，好让河神帮自己实现。

到了八月初二这一晚，我早早就守在了河边。随着夜色逐渐浓重下来，文谷河也被染成了一条漆黑的幽冥之河，散发着一种隐隐的可怖，从山川间爬行而过。突然之间，一片繁星坠落在河面上，幽冥之河竟长出一片金色的鳞片，然后，坠入河里的星星越来越多，不止多，它们还在河里相互嬉戏追逐，以至于把整条河都点亮了。于是，漆黑的幽冥之河忽然就变得辉煌起来，如一座神庙，好像整条银河都沉入了文谷河当中。

河里的每一颗星星就是一盏河灯，上游村庄放的河灯已经快漂进截岔盆地了，我拦住两盏河灯，上面都长着字，一盏是"风调雨顺，平安是福"，另一盏是"请母亲大人托梦回来"，下面还有落款"野则河村 张开礼"，好像是怕自己的母亲回来时迷了路。我把两盏河灯又放回去了，这些河灯，其实就是一个个信使，背着主人的邮件，千里迢迢赶去送信，只是收件人的身份五花八门，可能是人，可能是神，还可能是鬼。所以，这些河灯，看似漂在文谷河上，实则是漂在生与死的界河里，可以从生的世界漂到死的世界里，也许那里的亡灵都在苦苦等待家人的书信，所以万万不能把这些书信半路截和了。

我也做了一盏纸河灯，还悄悄在河灯上写了一个心愿："我想交到一个朋友，如果那个朋友收到河灯，请把回信放到柏王的树洞里。"柏王是截岔一带最古老最雄壮的一棵虎头柏，据说它已经活了两千多年了，没有哪棵植物哪个村庄能陪它这么久，导致它变成了介于树、神和精怪之间的物种。树干需要十几个人才能抱得拢，光是树杈间的鸟窝便大得像所小房子，至于底下那个树洞则更是恢弘，够三四个人在里面吃饭睡觉。三伏天的时候，我经常去那树洞里睡午觉，森林的寂静清幽自带一种神性，所以，睡在那树洞里，经常会无端感受到一种庄严感，仿佛自己正在一座世外的庙宇里修行。柏王是截岔一带的地标，上至耄耋老人，下至黄毛小儿，无人不晓此树。所以我才在自己那盏河灯上写上柏王，这样不管是谁收到信都知道去哪儿回信。

　　我把河灯里的蜡烛点亮，然后小心翼翼地把它送入文谷河中。只见它先是在水涡中打了两个旋，然后便如一朵金色的莲花，静静地、安详地朝河流下游漂去。我知道，它将漂过截岔六村连带迷虎村的尸骸，如果截岔六村没有人收留它，它将漂进武元城，如果武元城也没有人收留它，那它可能会漂进汾河，然后随汾河进入黄河，再随黄河进入大海。如此漫长艰辛的旅途，简直赶得上唐僧去西天取经了。又想到这小不点儿的邮差却背负着我那么庞大的一个心愿，心里便又有些感动，只是站在河边，久久目送着它的背影。

自河神生日之后我就有了一个隐秘的盼头，但又不想让任何人知道，只是每天都要去看望柏王，顺便在它老人家的树洞里躺一会儿或坐一会儿。其实我是想看看有没有人把回信放到树洞里，也不知道河灯最后把我的信捎给了什么人，我勉强按捺着兴奋和期待，猜测了无数次，可能是和我差不多大的小孩，或许还是个女孩，也或许是个老爷爷，还说不来，最后是大海里的鲸鱼收到了我的信，但它也没法给我回信啊。我去了树洞几次，都扑了个空，心里不免失落，又想到河灯也许已经沉到河里去了，那就真的被河神收到了，也罢。失落之余，还是每次都在幽寂的树洞里静坐一会儿，山风从森林里奔跑而过的时候，柏王会发出沙沙的声音，好似一个老态龙钟的老人正在和我说悄悄话。

过了几天，正当我灰心之际，却在柏王的树洞里捡到一封信，那是一封真正的信，写在从作业本撕下来的方格纸上，更重要的是，寄信人还用同样的纸折了一只信封，把信装进去，用糨糊把口封上，信封上什么都没写，却画了一张花花绿绿的邮票。我心跳不止，无端觉得这信可能是寄给我的，连忙拆开，果然是写给我的。信里写道："朋友，我收到你的河灯了，既然你的河灯能漂到截岔，说明你肯定在截岔的上游，我猜不到你到底住在哪个村，你有空来截岔耍吧，你见过水稻吗？截岔还能长水稻呢。我们截岔本来有七个村，有一个村被洪水冲跑了，就剩下六个村了。你说你想有一个朋友，我也想有一个朋友，我收到你的信，又给你回了信，那我们就算朋友了。我有一个秘密，不想告诉别人，但我可以告诉你，因为我不认识你。我堂姐放暑假又到截岔来了，她在北京上学，比我大两岁，一见我就谝她是北京人，我很讨厌她，每次都不想看见她。有什么了不起，把你生在山里你就是山里人，把你生在北京你就是北京人，没什么好卖谝的吧。我要是能考上大学，也考到北京去。小时候玩捉迷藏的时候，她知道我躲进了柜子里就故意把柜子从外面锁上，害我在柜子里被关了半天，差点尿了裤子，我好讨厌她。我在家门口挖了一个陷阱，里面灌了水，上面搭了高粱秆，再铺上树叶，结果她没踩进去，倒是我嬢嬢踩进去了，我的复仇计划破产了。"

下面没有署名，但我还是激动不已，这是我生平收到的第一封信。而且他不知道我就住在截岔上游的小虎村，而我也不知道他究竟住在截岔哪个村，这让他的来信显得又神秘又遥远。他还在信的结尾说到自己的复仇计划，立刻让我想到了父亲和他的小本子，觉得他就是一个小号的父亲，而我对他们这种人简直太了解了。我立刻隆重地回了信，在信中对他表示了深切的同情，并劝慰他要放下仇恨，要宽恕他的堂姐。写完这句，我自己都吓了一跳，自己什么时候也变成一个小型的牧师了。但我觉得还不够，他在信中向我吐露了一个秘密，他给他堂姐挖了个陷阱，只是他堂姐没掉进去。我觉得我也必须在信中说出一个关于自己的秘密，才显得公平。于是我又在信中写道，我住的这个村子只有三口人，就是我爸我妈和我，另外还有一头牛一只狗十只鸡，便是这个村的全部成员。最后我又补充道，我还养了两条鱼，文谷河里逮到的，也算这个村的成员吧，有时候我会把它们装在罐头瓶里，带着它们出去散步。

我也学着折了一只信封，也在上面画了

一张花花绿绿的邮票，然后把信装进去，糊住口，放到了柏王的树洞里。过了两天，我发现我的信被取走了，忍不住心中窃喜。又过了两天，一封崭新的信出现在了树洞里。好像这柏王的树洞变成了一个小小的邮局，一个只属于我们两个人的邮局，藏在这无边的森林里。

他在第二封信里又向我吐露了一个秘密，说他上小学的时候，曾偷了同学一支自动铅笔，因为大人不给他买，他太想那支自动铅笔了。但这支偷来的自动铅笔他一次都没敢用过，只是悄悄藏了起来，藏着藏着后来就找不到了，直到笔丢了他心里才好受了一些，觉得好像又把笔还回去了，但心里面总觉得自己是做过小偷的。

为了公平，我也在第二封信里回给他一个秘密。我说，你知道吗？瘸子也是能游泳的，我妈就是个瘸子，但她会游泳，因为她从小就在文谷河里游泳，后来上山采药材的时候摔断了一条腿,我外公和外外又不舍得花钱给她治,她那条腿就落下残疾了,可是尽管腿瘸了,她却还能游泳,还游得挺好的。

写完这封信的时候,我心里某个地方隐隐有些不舒服,那时候我还不知道,这是因为我已经感受到了残忍以及由此带来的不适。但我太害怕失去这个朋友了,便不敢再犹豫,把写好的信装进信封,糊了口,又放到了柏王的树洞里。

到第三封信的时候,他又向我吐露了一个更大的秘密,让我一时有些不知所措。他在信中说,他得了病,已经有大半年不上学了,他妈不让他往外跑,他只能趁他妈不在家的时候,偷偷地溜出去到柏王那里。他还去省城看过病,也住过院,但没治好,现在没有一个同学去看他,老师和同学已经把他忘了。他爷爷说他肯定会好起来的,但他堂姐悄悄告诉他,他的病治不好了,他快要死了。他说，人死了不知道会不会疼，看他们村里死了的那些老人，不吃不喝，一动不动地躺在棺材里，就像睡着了一样，不吃不喝地躺着也不错，什么都不用干，也不用考试，只是怕将来考不了大学了，北京也去不成了，也没法向他堂姐报仇了。

　　我心里一阵难过，好不容易才交到一个朋友，这从未见过面的朋友却快要死了。我必须回复他一封更为隆重的信。为了安慰他，我在回信中和盘托出了一个更大的秘密，我说你不要害怕，我爷爷已经死了很多年了，死了就是睡一个长长的觉，死了的人白天不会和人讲话，但晚上会去梦里和家里人讲话。我爷爷就时常到我爸的梦里来看他，还会和我爸说会儿话。犹豫了一下，我继续往下写，这时候我已经不再是出于安慰了，更多的其实是出于讨好，好像生怕对方不理我了，不再给我回信了，我必须留住他。我写道："我爷爷是被人从后脑勺上打死的,流了好多血,他死的时候我还没生下来,我只见过他的照片,人死了就住在照片里了。我告诉你一个秘密,你不许告诉别人,我猜我爸一直想为我爷爷报仇,因为他有一个小本子,专门用来记仇人的名字,那本子上的名字足足记了有几十个,我都能背下来,头一个名字是截岔王,第二个名字是游家明,第三个名字是张有德,下面还有一大串,连那个看病先生郝树志的名字都在上面呢。不过,这个仇他肯定报不了了,因为连他自己都搞不清到底哪个是杀我爷爷的仇人,仇人多了等于一个仇人都没有。"

此后我这唯一的朋友就再没给我回过信。我连着去了柏王那里几次,都没看到他给我留下只言片语,我不死心,又给他留了一封信,在这封信里我只问了他身体怎么样了,有没有好起来。因为我已经没有更大的秘密可以出卖了,在前几封信里我已经把自己抖落得空空荡荡了。过了两天,我又去柏王的树洞里拜访，只见里面安安静静地躺着一封信，我赶紧打开一看，原来是我上次写的那封信。这次柏王失信了，没有帮我把信寄出去。我失落地躺在树洞里，知道自己又返回到从前了，我还是那个挂在截岔盆沿上的孩子，连一个朋友都没有。

父亲一如既往地每村必停，有求必应，别的筏子早跑到武元城卸下木料了，他还不慌不忙地漂着，拉着满满一筏子的人、猪、鸡、马、牛、羊、蘑菇、木耳、土豆、饲料，简直就是一只漂在文谷河上的诺亚方舟。遇到腿脚不便的老人要搭筏子，他会跳下筏子，亲自把老人背上去，简直比老人的儿子还孝顺。有腿脚不好的老人攒下半口袋干木耳，想拿到武元城去，武元城有专门收木耳的人，父亲都不用他们亲自跑，在村口接了木耳，去武元城卖给收木耳的人，还要把卖的钱一分不少地再送回去。在这个过程中，父亲不仅表现得相当愉悦，甚至都有点上瘾了，谁不接受他的帮助他就和谁急。他脸上的那层壳越笑越深,但无论怎么笑都有一种挥之不去的阴森,简直像个出土的青铜面具。就连后来的我都有些搞不清楚,当时的父亲是真的感受到宽恕所带来的愉悦了?还是发现宽恕也可以作为武器,从而把这个武器使用得更加如鱼得水?再或者,是两者兼而有之?

母亲赌气不上父亲的筏子了,却把我派出去,让我做她的小特务,任务还是看住父亲。这一日,父亲的筏子又从文谷河漂下来了,我便一个人上了筏子,父亲见母亲没有上来,好像有些失落,但也没多问,只是撑着筏子继续往下漂。

筏子进入截岔盆地,先是漂过了迷虎村的尸骸,从那尸骸里忽然跳出一枚干枯瘦小的老头,像是从古老的坟墓里钻出来的,挽着裤腿,赤脚上套着黄胶鞋,嘴角叼着一杆旱烟,手里拎着半袋干木耳,是李顺老汉,看样子是打算去武元城卖木耳的。父亲把李老汉捎上，然后继续往前漂。接着漂过了大塔村和塔上村，我总觉得起塔上村这个名字是为了和大塔村较劲，你一个小村子敢叫大塔，那我就叫塔上，总能镇得住你。一进截岔，父亲脸上的笑容更浓烈了，近乎浓墨重彩的晋剧脸谱。筏子漂到曲里村的时候，上来两个人，女的年轻些，总试图扶住自己身边的那个铁塔似的老头，老头虽然架着一副拐杖，但还是在努力保持一尊铁塔的威严，总是不想让她扶，仿佛一旦被人扶了，就坐实成残次品了。但他走路实在是够费劲的，他的右腿看起来像条假腿，没法打弯，所以走路的时候，就用全身拖着右腿在地上使劲画圈，看他走过的痕迹，简直就是在地上胡乱画圆圈。

父亲远远看到在岸边划圈的老头，脸上的笑容似乎凝固了一下，但很快，就像反弹一样，他的脸上又轰然绽放出一种更猛烈的笑容。父亲连忙把筏子靠了岸，然后跳下筏子，要亲自接那老头上筏子。老头虽不情愿，但再怎么画圈也画不上去筏子，再加上中风过的身躯滞重迟钝，以至于发酵成了过去双倍的分量，两个人都扛不上去，只好又叫来一个筏工，三个人手脚并用，像搬运木头一样把老头搬上了筏子。然后父亲又把老头安顿在一只干燥的麻袋上，麻袋里装满了锯末，是要运到武元城的那家木材加工厂的，这算是筏子上最舒服的椅子了。

等上了筏子我才发现，老头不光是右腿瘫了，连脸都瘫了，右嘴角是歪的，使劲向下扯着，口水从里面滴出来，顺带把右边的一只眼睛也拽了下去，所以两只眼睛一只吊着一只垂着。老头的右手哗哗抖个不停，其中的食指和中指居然是黑色的，质地有点像烧剩的炭渣，这样两根手指插在一只肉质的手上，使眼前的老头有点像改装过的机器人，十分可怖。我怀疑他身上的那些器官，有些是肉质的，有些则也是这种炭渣质地的。难道他在油锅里被炸过？

这时那个从迷虎村尸骸里钻出来的李老汉凑上来，忽然叫了一声截岔王。我才明白过来，原来这就是传说中的截岔王，在父亲的生死簿上稳居头把交椅的那个嫌疑人。想来那两根炭渣般的手指就是当年从油锅里夹铜钱的时候被炸熟了，本来可以锯掉的，一直留着，大约也是一种纪念，就像把勋章佩戴在身上。只听李老汉一点不见外地说，截岔王，你老人家这是瘫啦？连你都能瘫？那俺们还活不活了？截岔王坐落在麻袋上一言不发，歪嘴里不停地淌着口水，如果在下面接个盆，估计一会儿就接满一盆了。

他旁边的那个女人不时替他擦一下口水，原来是他女儿。只听他女儿接口道，可不，中了一次风就成这样了。几个从上游下来的人也围过来，七嘴八舌道，"瘫子还去赶集？""瘫子不好死，在炕上躺七八年不成问题。""这是半瘫,没瞅见一条腿还能动,浑瘫了就麻烦了,天每往裤子里尿。""这嘴都歪成漏斗了,吃饭怕也是个麻烦事吧,吃进去的又都洒出来了。"

这时候父亲过来了,人群安静而不祥地裂开一道缝,把父亲裹了进去。父亲笑容满面地走到截岔王跟前,人群似乎悄悄往后退了一圈,我想起母亲的嘱咐,便上前一步,紧紧跟在父亲身后。父亲亲热地拍了拍截岔王的肩膀,说,叔,有几年没见你了,心里还挺惦记你的,怎么,这是要去武元城赶集?截岔王斜着眼,歪着嘴角,还是一言不发。他女儿忙抢着替他说,不是去赶集,都半瘫了还赶甚集,他一个老伙计的小子吃(娶)媳妇,要在武元城里摆一天武元席,人家还专门跑过来送的喜帖,他一辈子就好个面子,不去也不好,走路太耐,又是个半瘫,想着要是能捎上足,就省得走路了。

我只吃过一次武元席,那是截岔地带最

盛大的一种宴席，得有十分重大的喜事才配得上武元席。办武元席的时候，武元城的那条主街全部被占满，从街头到街尾摆满桌子，桌子和桌子之间又首尾衔接，组成一条长龙盘踞在主街上。武元席上的菜也是截岔一带最好的，像传统的"炸五谷"和"八大碗"自不必说。"炸五谷"就是炸丸子、炸烧肉、炸花生果、炸山药、炸红薯，而"八大碗"是指清蒸丸子、八宝饭、红烧鸡、方烧、条烧、喇嘛肉、胡萝卜蒸羊肉、馒菜、炝莲菜。此外，熬鱼和猪肘也一定会出现在武元席上，还有平时根本吃不到的过油肉、酱梅肉、琥珀肉、柏籽羊肉、黄酒焖肉、烤羊排等菜肴也会出现在武元席上。吃一次武元席够截岔人回味一整年，每天在饭市上讨论的也多是那顿武元席。一回头，吃过武元席一个月了，再一看，两个月了，三个月了，半年了，但还像是昨天刚刚吃过一样。办武元席需要不菲的开销，甚至会花掉一家人一整年的收入,所以一般人是不敢办武元席的,但只要办一次那就是截岔最隆重的节日,主人会把所有的亲朋好友请到武元城,还有朋友的朋友,亲戚的亲戚,甚至连正在武元城赶集的陌生人也可以坐上去蹭席。我吃过的唯一一次武元席就是蹭席,可不,截岔谁会请我们一家去赴宴呢?总之,武元席的隆重和热闹是绝不亚于元宵花灯会的。

她语速很快,好像急于替自己和父亲辩解,又好像急着要掩盖住点什么。看来,她也是知晓那段截岔往事的。父亲一边笑一边在身上翻找着什么,人群又无声地往后退了一圈,我却离父亲更近了,像父亲身体里分泌出的一个影子,我生怕父亲会摸出一把刀来,或是比刀更可怕的东西。父亲扭脸看了我一眼,目光异常明亮,却什么都没说。父亲最后翻出的是半包皱巴巴的纸烟,他往自己嘴里塞了一根,又递给截岔王一根,截岔王没接,父亲宽容地笑了笑,把烟卡在了那两根炸熟的手指中间,然后掏出火柴,先替截岔王点上,之后才把自己那根也点上。天哪,他连抽烟的时候都是笑着的。

截岔王侧着脸看了父亲一眼,因为一只眼睛高一只眼睛低,所以看人的时候不得不侧起脸,好像看得极为专注一样。他伸出颤颤巍巍的左手,从自己那两根炭黑色的手指中间把烟拔出来,塞进了歪嘴里,我担心那歪嘴连根烟都叼不住,结果他还很体面地把大半根烟都抽完了。父亲手里的烟先抽完了,他灭掉烟头,起身又拍了拍截岔王的肩膀,笑着说,叔,有事就说,咱们可不见外。

父亲转身刚要走的时候,截岔王忽然开口了,声音从一张歪嘴里发出来,倒像是从一个曲里拐弯的洞穴里钻出来的,轰隆隆的,含混不清,还带着些回声。他叫了一声,林宗。父亲停住了,慢慢把脸扭了过来,笑容还挂在脸上。只听截岔王又轰隆轰隆地说,听说你保存着一个小本子,专门用来记仇人的名字,名字记了都有几十个了,俺在你本子上坐的还是头把交椅,你倒挺抬举俺。你不用管俺是怎么晓得的,俺小孙子给俺倒歇的。

他很正大光明地把他的小孙子出卖了,我心虚地往后退了一步,我知道他小孙子是谁了,就是那个和我书信往来却从未见过面的朋友。父亲似乎微微一愣,但没吭声,继续笑,等着截岔王往下说,截岔王果然又继续道,几十个人,你自家能弄机明(清楚)到底哪个是你的仇人?怕是你自家也弄不机明吧。听说在你那本子上坐二把交椅的是游家明,你和截岔不来往,可能还不晓得,游家明得了食道癌,两年前就殁啦。哦,对了,坐三把交椅的是张有德,是吧?你去看看张有德这会儿活得还像不像个人,身子垮了,什么营生也干不了,刚过五十满嘴的牙就掉光了,有人看见他在垃圾堆上捡吃的,送一碗饭摆到他家门口,他还假装看不见,有骨气呢。他还用你当仇人对付？说不来哪天就饿死了。这来多的人，你能分机明到底是谁杀了你爹？怕你也没那个本事吧。你也不用再找了，俺今儿就是来告诉你的，杀你爹的仇人就是俺，你把俺排到头把交椅上算你有眼光，赶紧把其他名字都勾掉吧，就留下俺截岔王。俺这半条老命你随便拿去，甚时候想拿甚时候拿，俺要是和你哼哼半声，就不是人养出来的。你也看到了，俺现今就是个瘫子了，走路都走不利索，能活几天可不好说，你要报仇就趁早，俺死了你找谁报？你要觉得不够，俺再把俺小孙子一起拉上给你垫背，他得了白血病，怕活不了几天了，俺就这么一个孙子，俺们爷俩抵你爹一条命够不够？

他女儿大声打断了他，说甚呢，越说越不像话。一边呵斥一边俯下身帮他擦口水，在他刚才讲话的当儿，从歪嘴里淌出的口水竟把他的衣服打湿了一片。他挣扎着不想让他女儿帮他擦，嘴里还含混不清地喊着，俺就是你那仇人，快不要再找了，以后也不要见人就笑了，怪瘆人的，你去问问哪个截岔人不怕看见你笑？你要不笑，谁都能好受点。这不，仇人就在你对面，以后不想笑就不要硬笑了，对自己的老婆娃娃好一点，你这娃娃，自小俺就见他在截岔里一个人晃悠，连个和他耍的娃娃都没有，也是恓惶。老人们讲求仁得仁，你爹一辈子贪的是好处，俺一辈子要的是个名声，俺死了，这名声正好归俺。

父亲的脸还是笑着的，我却好像看到，他的笑容后面还藏着一个人，那是另外一个父亲，两个父亲交叠在了一起。他特意返回去，其中一个父亲拍了拍截岔王的肩膀，很大度地说，叔，那些过去的事提它做甚，你也上岁数了，把自己的身体保护好才要紧。他刚要转身，截岔王又大声喝住了他，因为右手不听使唤，他只好拼命挥舞自己那只左手，我这才发现，截岔王整个右半边都瘫了，右手右腿，右边那只眼睛，还有右边那个嘴角，只有左半边还能动，所以左边得费力地拖着右边，好像一只牛正拖着身后笨重的牛车。他的歪嘴轰鸣着，俺就是你那个仇人，谁也别和俺抢，俺说是就是，你记下，等俺死了你就没有仇人了。另一个父亲则淡定地笑着说，叔，你弄错了，我根本就没有仇人。说罢转身走开了。截岔王听闻此话，把左手哆哆嗦嗦地伸进了裤腰里，不知道裤裆里藏着什么，等抽出来的时候，手里却多了一把水果刀，看来是出门之前就有准备的。

众人以为他要用刀伤人，不愧是当年的截岔王，便纷纷向后退去，不料，截岔王举起水果刀向自己的小腹刺去，把刀刺进去的时候，嘴里还吼道，俺这条命你不拿是吧，不拿俺给你。众人蒙住了，周围一时鸦雀无声，却见截岔王把刀拔出来，哆哆嗦嗦地还要往进刺,众人这时候清醒过来了,呼啦扑上去把刀夺掉,问一个瘫子夺刀太容易了。只见他小腹上虽然被捅了个窟窿,但因为手上没劲,扎得不深,并没有大碍,只是流了些血。有人脱下自己的裤子做绷带,众人七手八脚地帮他把伤口包扎起来了,截岔王四脚朝天地任人摆布,歪嘴里还大喊着,俺就是你那仇人,俺就是,杀了俺你就没有仇人了,你也好过些,你老婆和娃娃也好过些。

说自己根本就没有仇人比把刀架在仇人脖子上更有杀伤力。看来,父亲还是败给了父亲。

# 6

过了几天,我又搭上父亲的筏子的时候,听到坐在筏子上的人正在小声议论着什么,看到我过来,还故意把声音放大了一点,看来是想让我,准确地说,是想让父亲听到。原来,截岔王的小孙子昨天夜里走了,白血病,到底没救过来。我心里明白,是我那个唯一的朋友走了,我还连他的面都没见过。想起那天截岔王在筏子说过的话,把俺小孙子的命也抵给你。又想起那游家明两年前就已经死了,却至今还躺在父亲的生死簿上。心里忍不住替父亲感到愧疚，还有一种隐隐的恐惧感，好像那个从没有见过面的朋友，还有游家明，真的把命都抵给我爷爷了。于是，他们和我爷爷变成了一个人，或者，同一个鬼魂。回到家里以后，我有些畏惧地看着墙上爷爷的照片，他坐在那里，看起来更庞大更阴森了些。

为了与墙上的爷爷对抗，我偷偷做了一件事情，我把父亲的小本子藏到了柏王的树洞里，无论我把什么藏进去，包括我自己，它都会保管得好好的。令我感到意外的是，父亲并没有到处找他的那个小本子，甚至好像都忘记了它的存在，他喝完一壶酒之后，便坐到河边抽烟去了，他久久坐在河边，不知道在想什么。母亲很不放心，派我出去跟着父亲，我只好也坐到了河边。月亮爬上来了，月光点亮了河水，河水又照亮了我和父亲，我自己和自己做游戏，猜测现在父亲的脸上是笑还是不笑。我赌他不笑，因为他实在没有必要大晚上对着一条河笑，况且，他白天笑，晚上笑，也该笑累了。然后我悄悄扭过头，看着父亲的脸。他真的正对着一条河笑。我赌输了。

就这样又过了几日，这天，母亲说她新晒了些羊肚菌，要拿到武元城去卖，便又带着我上了父亲的筏子，我知道她是找个借口上筏子。父亲见母亲上来了，虽然什么话都没说，还是那副笑脸，但我能看得出他由衷地高兴。我发现我已经不知不觉练就了一种本事，那就是，能辨别出父亲脸上的千百种笑容，高兴的笑，仇恨的笑，宽恕的笑，恐惧的笑，刀光剑影的笑，泪如雨下的笑。

筏子漂进截岔，漂到南堡村的时候，上来一个人。此人极瘦，骨架外面包着一层皮，还是个秃子，头上没有一根头发，光着脚，连鞋都不穿，他张开嘴说话的时候，我才发现，他嘴里没有一颗牙，但他的年龄看上去还不足以要把牙齿都掉光。总之，他身上有一种强大的荒芜,强大到不仅不需要鞋,甚至连头发和牙齿这样的点缀他也不需要了,这又使他周身散发着一种奇异的洁净,虽然他身上的衣服已经接近于褴褛了。他上来的时候一手拎一只木桶,盖了盖子,不知道里面装的是什么。我当时还不知道,此人就是生死簿上的三号人物张有德。

张有德上了筏子以后,放下两只木桶,目不斜视地走到了父亲面前。父亲忙笑着和他打招呼,有阵子没见了,这是要下武元城去哪?张有德平平静静地看着父亲,忽然就开口了,声音从没牙的嘴里发出来,像风掠过石滩,带着些枯肃和苍冷,但令我印象深刻的是,连他的声音里都带有一种洁净之气,像个参禅得道的僧人。他的话很简单,他说,听说你在找杀你爹的仇人,我是来告诉你,仇人不是截岔王,也不是游家明,是我。截岔王不过是为了留名,我才是你那个仇人,把我的命抵给你爹,你就可以安生了，以后切勿再找了。

说罢他走回到两只木桶前，众人以为他要从桶里拿什么武器，吓得往后退了一圈，只有母亲脸色一变，拖着一条瘸腿朝张有德走去，在她还没有走到张有德跟前的时候，张有德已经一手拎一只木桶来到了筏子边。在众人还没有反应过来之前，他提着木桶轻轻一跃，跳进了河水中。那两只木桶里装的竟然是石头，所以掉到河里之后，两只木桶拖着他迅速向河底坠去。母亲趴在筏沿上大喊，快撒手，快些撒手。但眨眼之间，张有德已经从文谷河里消失得无影无踪了。

多年以后，当我回想起第一次也是最后一次见到张有德的情形，那情形如同达利的画一样，渐渐扭曲幻化，甚至飞翔，他在画中变成了一个骑士，但他骑的不是马，不是鲸，也不是风，而是两只桶，他骑桶前往的地方，忽而是水草蓊郁阴森的河底，忽而又是白云疾驰而过的天空，而去往这两个地方，本身又是一回事，都是无尽处，都是生死消弭之处，对于他来说，那确实是最好的去处。人要是都无法死亡，很多事情就失去了意义。他其实是把自己献祭给了一个概念，比如集体，而概念对人残酷的戏弄，又被献祭这种行为的庄严性弱化了，以至于像他骑桶这样的行为都显得不那么滑稽了。

他们在河底找到他的时候，他的两只手还死死焊在木桶上，撬都撬不开，最后只好连人带桶一起捞了上来，最后把他放到一口薄棺材里的时候，那两只桶依然陪着他，变成了他身上异常忠实的一部分。

我一口气跑到了柏王的树洞里，那个小本子还在，我惊恐地发现，它尽管被我封存在这里，它里面的那些人却一个接一个地走了出来，走到了父亲面前，又从阳间走到了阴间，它真的成了一本可怖的生死簿。我数了数，除了划掉的，本子里还有三十九个名字，我担心这三十九个名字会一个接一个地从本子里走出来，一个接一个地搭上父亲的筏子，然后每一个名字都郑重告诉父亲，我就是那个你要找的仇人。三十九个仇人，你不知道哪个是真的哪个是假的，只是感觉这三十九个人组成的空间，像极了一个摆满镜子的密室，你无论朝哪个方向看去，都能看到人影。到最后，你会发现，这间密室里其实堆叠着无数个人影，在镜子里，镜子怀抱的镜子里，镜子对面的镜子里，一个又一个的人影像种子一样破土而出。

为了不让更多的人发现小本子里的秘密，我决定把它藏得更隐蔽一点。于是我顺着柏王的树干往上爬，后来在树干上找到一道裂缝，我把本子塞了进去，又在外面伪装了些树叶和青苔，从外面一点都看不出来，我这才放心地从树上下来，回了家。

快到家的时候，天已经黑了，我站在山坡上看着前面那点孤独寒瘦的灯光，那就是小虎村，它像是一切村庄甚至城市的起点，都是从一盏灯光开始的,又像是世界的尽头,那尽头处大概也是这样一盏孤灯吧。进了家门看到父亲又在喝酒,与往日不同的是,桌上连碟花生都没有,只光秃秃地摆着一壶酒和一只酒杯。我怕他问我有没有看到他的小本子,但他没有,甚至都没有和我说话,他只是对着酒杯微笑,一杯接一杯地喝酒。墙上还是爷爷的那张旧照片,黑白色天生的肃杀搭起了一座阴森的小庙,爷爷端坐在其中,俯视着我和父亲。

我也抬头注视着他。我发现他变得更庞大了,大概是因为,张有德也被他吸附过去了,也成了他的一部分。到最后,那本子里的三十九个人会不会都被他吸附过去,而他将变成一个巨人,住在那黑白的庙宇里。这时候,只听父亲问我,小虎,你的作业本有没有没用完的,给我一本。我刚要回答,忽然听到传来一阵敲门声。对于一个独家村来说,听到敲门声是一件稀有而令人不安的事情，这么多年里，除了外公和舅舅偶尔来敲过门，我还从没有见过别的客人登门。

开门一看，门外站着的不是外公也不是舅舅，而是一个真正的客人，这真正的客人出现在小虎村，简直如同天外来客。来人是那个住在迷虎村废墟里的李顺老汉，他从一个村庄的尸骸里走到一个如孤坟一般的独家村，气质上倒还是一致的，都是一些被世界抛弃和遗忘的角落，所以看到他也不应该太惊奇。父亲忙把李老汉让进屋里，说，顺叔，你怎么敢走夜路？不怕遇上麻虎（狼）？我低头一看，他的胶鞋都湿了，估计是被山间的夜露打湿的，他也不坐，很不见外地操起桌上的酒壶，给自己灌了两口，似乎是在给自己壮胆，壮完胆之后，如小鸡般瘦小的李老汉大义凛然地对父亲宣布道，林宗，俺就是你要找的那个仇人。

我赶紧想了想生死簿里有没有李老汉的名字，好像是有的。我既恐惧又兴奋地想，完了，本子里的三十九个名字排着队来找父亲了，每一个名字都会告诉父亲一句同样的话，我就是你要找的那个仇人。三十九个仇人站在面前，父亲估计都要应接不暇了，想不到，有一天连仇人都能大丰收。

这时候母亲从厨房出来了，端出小米稀饭和葱花烙饼，请李老汉坐下吃饭，但李老汉不吃不喝也不坐，只是凛然站着，果然是个仇人的样子。以往在翻看父亲那个小本子的时候，我无数次地想象过，那个仇人究竟长着一张什么样的脸，现在，截岔王、游家明、张有德、李顺的面孔都重叠在了一起，然而，还有更多看不清的面孔重叠进来，当三十九张面孔重叠在一起的时候，我究竟会看到一张怎样的面孔？

只见李老汉不但不吃饭，还干脆把脖子往父亲面前一横，说，快些拿去，来给你送人头你还不要？俺就是你要找的那仇人，仇人给你送人头来了。父亲脸上依然堆着笑，他看着那颗花白的头，后退了两步，连哄带骗地对李老汉说，顺叔，要是不吃饭就早点回吧，夜深了怕麻虎都出来了，我家就一张炕，多个人也睡不下。李老汉继续梗着脖子说，半截子进棺材的人了，还怕它个麻虎？有本事让它把俺吃喽，有本事让它连骨头也不要吐。母亲也过来劝慰道，顺叔，林宗他胡写乱画了几个名字，就是闲得没事干，都是一个村出来的，有话好好说。

李老汉收起脖子，目光正好与墙上的爷爷相遇，他忽然就跳起脚来对着爷爷的照片说，还能活几年，老子谁也不毬怕了，林宗，你晓得你有多少个仇人？就你本子上记下的那三四十个名字？你说得不差，截岔王必不住（可能）是你仇人，游家明、张有德也必不住是你仇人，可是，迷虎村下游的大塔村、塔上村、曲里村、柏林村、西落村、南堡村，哪个村没有你的仇人？告诉你句实话吧，那几个村哪个村都有想杀你爹的人。

那时候，你爹仗着迷虎村在截岔的最上游，总是把水坝拦住为难下游，先把本村的地浇饱，就是本村的地浇饱了，他还是不让坝痛快地打开，下游几个村的地就旱着，最后旱得实在不行了，就有人来偷水，就打起水仗。你晓得他为甚要这么做？因为在文谷河沿岸，控制了水就控制了人，其他六村就都得听他的，水拿在手里就是权力啊，他要的就是那点权力。那时候迷虎村的人还都挺吃兴（得意），谁让俺们村排在截岔最上游呢，老天爷赏饭，后来报应就来了。不过最吃兴的还是你爹，谁让人家是村主任呢，人家能把迷虎村的地浇得饱饱的，粮食长得最多，村里人谁敢不听他的？人家还把上面也哄得好，上面可信得过人家呢。还有件旧事，俺不晓得你记不记得，以前迷虎村有个叫林三为的人，这人愣，就不服你爹，时常在半夜的时候偷偷打开水闸，给下游的几个村放水，你爹骂他吃里爬外，后来，这个人忽然就没了,哪里都找不到,他爹妈一直在等他回来,他爹直到咽气都没等到。那年大洪水把迷虎村都冲跑了,林三为家的房子也被洪水端走了,洪水过后,房子底下露出一具尸首,烂得就剩下骨架了,也认不出是谁,草草就埋了,可俺估摸着,那骨架就是林三为的,谁能想得到林三为就在自家的房子底下躺着?就是没人能想得到,才把他埋在那里吧。俺说句公道话吧,爱不爱听是你的事,你爹当年就是文谷河上的一个水霸。

父亲没说话,只是扭过脸,笑着看着爷爷的照片,似乎想把爷爷从墙上叫下来对质。李老汉也看着爷爷的照片,于是两个人的对话变成了三个人的,只是其中两个人都不说话罢了。李老汉对着爷爷的照片说,这只是截岔六村,你以为迷虎村的地浇饱了你就没有仇人了?告诉你吧,你在迷虎村的仇人更多。迷虎村后来不是被文谷河收回去了吗?人家是条河,是爷,俺们不过是些受苦人。迷虎村被收回去以后，上头说不就地建村了，再建还是要淹，干脆把村民们都安置到别的村去，那安置村民的名单就交给你爹来定，人家是村主任嘛，对迷虎村的情况最熟悉，这就又成了他手里的权力。

我发现父亲的脸上的笑少了一半，剩下的一半薄薄地浮在脸上，倒更像是一层遮挡自己的面纱，仿佛在半梦半醒中一样。他站在那里，还是一句话都没说。而李老汉已经说上瘾了，根本不管父亲接不接应，他住在废墟里，大概很久没有好好和人说过话了，他还在往下说，迷虎村的三百多号人被分散到了五十多个村子里，有的贬到了平川上的义望、洪相、广兴，俺们一家就被贬到了广兴村。说起来还是去了平川呢，结果呢，俺们的口音和人家不一样，吃食习惯也和人家不一样，人家叫俺们"山斗子"，看不起俺们，笑话俺们的口音，俺们还嫌他们寡淡，又寡淡又精，人太精了就没毬意思了，连个串门的地方都没有，说起来是去了平川上了，平川上生活比山上好，那和贬犯人有什么区别？俺是一天都不想在那里待，连梦梦都梦见回了山里了，梦里都把俺高兴的呀，可算是回去了。后来，俺的几个儿女该娶的娶，该嫁的嫁，俺老伴儿也走了，就剩下俺孤人一条，俺还待在那里做甚？俺就赶紧跑回来了，回来了连电也没有了，但心里舒坦，俺自家种点菜种点山药蛋就够吃了，文谷河的水随便吃，又没盖盖子，平川上吃个水还要掏水费。有的被贬到了深山里，像那些老雕都去不了的村子，什么大草坪，金沿，除了牛羊，一年到头看不见个人影。有些村不靠河不靠路，去哪里都要靠两条肉棍棍腿，从截岔走到苏家岩还不走他个四五天？饿了吃口干炒面，黑夜了就睡在树上。还有的去了庞泉沟，那里的雪就没停过，七八月还在下雪，冬天下的雪能把人埋掉。这都算近的啦，还有的被贬到了什么了河北、山东，李五金一家还被贬到了南方，那去了南方可怎么活？连说话都听不懂。李五金后来就报销在南方了。

父亲的脸色开始发白，似乎呼吸也有些艰难了，很像一个掉到河里正在溺水的人，但他脸上还艰难地残留着一点笑容。我看着他残留在脸上的那点笑容，希望连这点笑容也消失掉，似乎只有这笑容全部消失掉，父亲才算痊愈了。这段时日里，笑已经成了父亲的一种疾病。李老汉并没有因此停下来，相反，他的演讲已经逼近高潮了，只听他大声说，你爹把村里人人贬发到无远可近（遥远）的地方，他把自己安排得倒齐全，带着你们全家搬到了曲里，那还用搬？你说说看，除了那几家和他关系好的留在了截岔，迷虎村的人哪个不该是他的仇人？所以，你以为你在本子上记上那三四十个名字就够了？那哪够，每个截岔人都有几个亲戚吧，还有亲戚的亲戚，哪个截岔人的亲戚实在看不过眼了,跑到截岔来给你爹一榔头,然后往深山老林里一钻,也不是没可能吧,那哪还能寻得见?你晓得你为甚一直寻不见那个仇人了吧,因为那个仇人根本就不是一个人。

我和母亲一起看向父亲,不知什么时候,他脸上的最后一点笑容也消失了,我很久没有看过父亲不笑的样子,一时竟有点不认识他了。但渐渐地他脸上重又有了光亮,好像他已经从溺水中把自己解救出来了,然后,他朝着一个虚空的地方,再次慢慢笑了起来,他无声地微笑着,整个人有一种如释重负的轻盈和自由。

我后来想,也许,父亲就是从听到爷爷把文谷河的水当作权力的一瞬间明白了他自己,他把宽恕当成了一种权力。他们其实如此相似,不愧是父子。我想,也是从那一刻起,父亲真正放过了自己。

# 7

父亲问我要了一个没用过的作业本,把里面的方格纸一张一张地撕了下来当作信纸。他写了很多封信,又专门下了一趟山,在县城找到邮局,按照爷爷留下的那张"迷虎村移民迁居录"上的地址和名字,把那些信一封一封地寄了出去。沿文谷河的那串村庄,包括截岔七村,他捎的则是口信。所有的书信和口信都是同样的内容,八月十五的晚上他要在武元城摆武元席,请所有的截岔人包括早年迁出去的截岔老人们都来赴宴,一来是为截岔人能过个团圆节，二来是，这可能是最后一次摆武元席了，因为要在武元城这里建文谷河水库了，等水库建起来的时候，武元城就整个沉到水库底下去了。

　　他还给我爷爷写了一封信，但写好之后就烧了，他说只有烧掉，死人才能收到。我想起我那写在河灯上的信，是河灯做邮差，把它送给了收件人，后来又是柏王做邮差，传递着我和我那唯一的朋友之间的书信往来。现在，是火做了邮差。只见这个邮差伸出蓝色的舌头，舔着那封薄薄的信，那信转瞬之间就变成了黑色的羽毛，在火光里安静而诡异地翻飞着，带着幽灵的气质，大约那个世界里的亡人已经收到了。而信里的那些字，我还一个都没看到就被烧成了骨灰，这样也好，毕竟是写给爷爷一个人的信，那就只应该让他一个人看到。每封书信都是长有心脏的，都抱着一个秘密，书信若是人人都可以看，那这个世界上就没有暗影和角落了,该多无趣。

　　为了筹办这次武元席,父亲拿出了这几年他放筏攒下的全部积蓄,母亲不仅支持他,还拿出了自己卖鸡蛋和木耳攒下的一点钱。父亲下了两趟山,去平川上置办各种食材,然后请林场的卡车把食材拉到武元城,还访到了几个红白宴功夫最好的大师傅。因为摆武元席那天是八月十五,准备些月饼自然是必要的,所以母亲也开始前后忙碌起来。她拉着我,漫山遍野地找核桃,找山杏,采野玫瑰花和银盘。山杏和野玫瑰花采到后要用白糖腌起来,腌好后可以做月饼馅里的青红丝。我爬上核桃树摘核桃,母亲在树下捡核桃,母亲采野玫瑰花的时候,我把花瓣谢去后露出的玫瑰瓶儿放进嘴里嚼,清甜中带着一缕玫瑰的花香。母亲在松树下采银盘的时候,我爬上树摘松果,里面的松子也是做月饼馅的原料之一。还采了些野果,刺李和蛇莓可以酿果酒,茅莓可以做醋,沙棘则可以做成沙棘酱，用沙棘酱可以做一道美食叫开口笑，做的时候先把黄米蒸熟，红枣去掉枣核，再把蒸熟的黄米塞进红枣里，然后把南瓜掏空，里面塞上红豆、玉米、松子，再上锅和红枣一起蒸熟，最后把熬好的沙棘酱浇在上面就成了。顺手还采了些草药，比如黄芪和党参，黄芪可以做一道菜叫黄芪煨羊肉，大补。金露梅和银露梅的花瓣则可以泡茶喝，还有些野菜的嫩芽，比如铁扫帚、野葵、小茴蓿什么的，开水一焯再凉拌一下就很可口了。

山杏和玫瑰花腌好了，分别切开做了青红丝，再把核桃、花生、芝麻、松子捣碎，加入黑糖搅拌均匀，从广寒宫的模子里抠出来的月饼要放到泥炉里慢慢焙上两个小时，烤好的月饼是金黄色的，咬一口，满嘴都是玫瑰花香。除了月饼，还要做油糕和馏米，这都是阳关山上过时过节必备的吃食。油糕是把糜子磨成面粉，蒸熟了揉成面团，里面可以包红豆枣泥馅,也可以包萝卜黄豆馅,还可以什么都不包,那就是素糕,油糕不炸也可以吃,那就叫瘦糕,包好的油糕一层一层地码到瓮里,可以放很长时间。做馏米的时候则要选用一口最大的锅,足够一个人在里面洗澡的那种,一层黄米一层红枣地铺在笼屉上,再在最上面撒上一层五颜六色的果干,像什么杏干、蛇莓干、山葡萄干、山楂干、金瓜干,大火蒸几个小时,每隔一个小时要往米里淋一次水,等到米香四溢的时候就可以出锅了。

父亲则在武元城忙宴席的筹备,很多菜都是需要事先准备好的,像丸子、烧肉、小酥肉、方肉、喇嘛肉、花生果都是需要事先炸好的,红薯和山药也需要事先炸好,沙棘红薯和拔丝山药是小孩子们特别喜欢吃的菜。另外一些菜,比如蒸肉、蛋卷和皮冻也是需要事先做好的,蒸肉需要把猪肉馅和土豆泥和在一起,再上锅蒸熟。买回来的猪、羊、鸡、鹌鹑先后都派上了用场，鸡变成了香酥鸡，鹌鹑变成了鹌鹑茄子，猪头肉、猪蹄和猪耳朵已经卤上了，猪血还做了猪血肠，从文谷河里捕的鱼养在盆里，是准备做熬鱼的。

　　终于等到了八月十五那天，武元席自然要在晚上摆，顺便可以赏月。我下午就和母亲抬着月饼和油糕去了武元城，只见那条主街上已经摆满了桌子，长桌子、方桌子、圆桌子，各式各样的桌子毫无缝隙地链接在了一起，像条瘦骨嶙峋的龙卧在那里。我眼巴巴地等着，终于等到天黑了，然后，我看到东边的那排山峦上忽然镶了一道银边，便知道月亮要升起了，心里一阵欢喜。等着等着，终于等到一轮巨大的满月从山峦后面慢慢爬了出来，随着月亮的升起，银色的月光像大雪一样覆盖了山谷里的武元城。响泉滩上的那些积水像大大小小的镜子散落在那里，每一面镜子里都住着一轮月亮，甚至连碗口大的小水坑里也住着一轮幼小的月亮，好像全世界的月亮都在这一晚跑出来团聚了。城里那些庙宇、道观、戏台、店铺全都被镀上了一层银光，连主街上的那些桌子都闪着银光。而武元城周围的那圈山峰在月光的反衬下更显黢黑森然，像威严的众神站立于四周，慈悲地俯视着这座小小的木城，大约它们也知道吧，知道这木城即将结束自己的使命，知道今晚的武元席便是最后的盛宴。

祭过月明爷之后，终于开始上菜了，一道接一道的菜被端上了桌子，相同的菜每隔两张桌子就上一盘。炸五谷和八大碗上来了，过油肉、酱梅肉、鹌鹑茄子、黄芪羊肉、扣肉、熬鱼、香酥鸡、银盘炒肉、虾酱豆腐、羊杂割、拔丝山药、开口笑、猪头肉糕、虎皮肘子、佛手卷、烧花油、小烧肉、大烩菜也都上来了。虎头虎脑的铜火锅也摆上来了，里面翻滚着烧肉、丸子、豆腐、土豆、白菜、木耳、粉条。每张桌子还上了一盆头脑，头脑是把羊肉、黄芪、良姜、煨面、莲藕、山药、黄酒糟、羊尾油炖在一起做成的汤食，最好的头脑用的都是雁北羊。只见汤色洁白如玉，每一盆玉白色的汤里都卧着一轮金色的月亮，酒也摆上来了，有黄米酿的黄酒，还有刺李酿的果酒，是专门给小孩子喝的，每只酒碗里也沉着一轮月亮，月饼摆上来了，也是缩小版的月亮。一眼望过去，这长龙身上竟然栖息着无数个月亮，连小孩子的瞳孔里都升起了月亮。到处都是月亮，像是天上那轮月亮的子嗣们都来到了人间。

母亲一直提心吊胆地等着，她生怕宴席摆好了却没有人来赴宴。但随着月上中天，前来赴宴的客人们三三两两地在月光下出现了。他们有的是从山上步行几天下来的，有的是搭乘筏子下来的，有的是骑马过来的，有的是从平川上骑自行车上来的，有的是被林场的卡车捎过来的，有的是从外省坐火车再坐汽车、拖拉机再步行过来的。但无论乘坐的是何种交通工具，当他们一个接一个在月光下出现的时候，又好像，他们是集体乘着月光来赴宴的，今晚的宴席应该叫月光宴才对。

菜上齐了，酒斟好了，月饼也摆上了，那条瘦骨嶙峋的长龙忽然变得五光十色，近于华美。客人们纷纷入座，多年不见的故人们相互问候，有的还抱头痛哭，宴席就要开始了。父亲也在月光下出现了，他端着酒碗站在龙头处，声音洪亮地对着整条长龙说，截岔七村的父老们，我代我爹向你们赔个不是，这碗酒就算是我爹敬你们的了。说罢一仰脖子，一碗酒一饮而尽，然后他放下酒碗，后退几步，郑重地跪在了地上。父亲在月光下朝着众人磕了三个头。整条街上鸦雀无声，只有大雪一样的月光纷纷扬扬地将一切覆盖。

在来年春天到来之前，住在武元城里的人们陆陆续续搬了出来，因为开春的时候水库就要开始动工了。几年之后，水库建好了，整座武元城就要沉到水底了。水库放水的那天，几乎截岔七村的人都拥到了水库边，来和武元城告别。随着水位的慢慢升高，孝文庙、观音庙、崇真观、四圣宫、寿隆寺、古戏台渐渐从人们视野中消失了，店铺林立的两条街道也消失了，到最后，只剩下了白塔的塔尖还露在水面之外，所有人都依依不舍地注视那个塔尖，直到它也消失在了茫茫水面上。最终，山谷间长出了一面碧波粼粼的大湖，从唐朝始有的武元城葬身于其中。

又过了两年，阳关山里的盘山公路也修起来了，是顺着文谷河修的，河到哪里路就到哪里，看起来更像文谷河的一道影子。公路从山顶的庞泉沟蜿蜒而下，如一条丝带般一直蜿蜒到水库边，又擦着水库的边过去，一直伸展到平川上，与平川上那些密密麻麻的公路交会在了一起。它也找到了自己的归处，就像河流最终会汇入大海一样。

随着公路修好，还有人们在生活上对木材的需求量大大减少，木筏也渐渐从文谷河上消失了，随之一起从文谷河上消失的，还有筏工。自从林场不再放筏之后，父亲就在家里专心种地，闲时采采木耳和蘑菇，我家没有再搬进截岔盆地，我们的独家村依旧挂在盆沿上。再后来，截岔的孩子们纷纷离开家乡，都去平川读高中去了，开始了住校生活，其中也包括我。大约是得益于从小习惯的孤独，在学习上倒颇能耐住性子，导致我读高中的时候学习成绩还不错。

但每年夏天一到了汛期，文谷河开始涨水的时候，父亲都会自制一只木筏，从文谷河的上游往下漂，仍是在每个沿河的村口都要停留一下，把那些想去下游走亲戚甚至想去水库钓鱼的人都捎上。筏子依然要走半个月的水路，漂过龙门口，漂进截岔盆地，最后漂进文谷河水库。漂进水库的筏子上已经只剩下了父亲一个人了，他会放下长杆，静静立在筏头，任由筏子随水飘零。烟波浩渺的水面上映着翠峰的倒影和父亲的一叶扁舟，远处的芦苇荡里芦花如雪，不时有几只体态优美的水鸟从芦苇荡中飞出，从水面上滑翔而过的时候，总是会留下一道丝绸般的水痕。

我考上大学的那年，他腿上的风湿性关节炎已经很严重了，以至于腿都变形了，走路的时候也开始一瘸一拐。不过母亲宽慰他道，两个瘸子一共还剩下几条腿？三条。他说，能剩三条也不错。

也是在每年的这个时节，都有很多大南瓜和大冬瓜从文谷河的上游漂下来，有的南瓜和冬瓜大如一座小房子，在上面掏个门，直接就能住进去。每个南瓜和冬瓜上都刻着父亲的名字"林宗"，而且不是刚刚刻上去

的，应该是在它们很小的时候就刻上去了，随着它们渐渐长大，那名字便也牢牢长进了肉里，像人身上的文身一样，洗都洗不掉，直至变成了肉身的一部分。父亲不忙的时候会蹲在河边，乐呵呵地收他的邮件，不过，即使父亲没有及时收到那些南瓜和冬瓜，它们顺着河水漂进了截岔盆地，也总有人会把它们送回来，端端正正地摆在我家门口。

因为，那上面是写了收件人的名字的，那是寄给我父亲一个人的邮件。